Anonymous

Leben des Grafen Büffon

Aus dem Französischen von F.L.W

Anonymous

Leben des Grafen Büffon
Aus dem Französischen von F.L.W

ISBN/EAN: 9783743619470

Hergestellt in Europa, USA, Kanada, Australien, Japan

Cover: Foto ©Raphael Reischuk / pixelio.de

Manufactured and distributed by brebook publishing software
(www.brebook.com)

Anonymous

Leben des Grafen Büffon

Leben

des

Grafen von Büffon.

Aus dem Franzöſiſchen

von

F. L. W.

Frankfurt und Leipzig
bei Johann Georg Fleiſcher
1789.

Leben

des

Grafen von Büffon.

Georg Ludwig Le Clerc, Graf von Büffon
wurde den siebenten September 1707.
zu Montbard in Bourgogne gebohren. Sein
Vater war Parlamentsrath und hatte ihn für
das nemliche Civilfach bestimmt; allein die
Wissenschaften zogen ihn bald völlig an sich,
und sein ganzer Ehrgeiz wählte sie einzig zum
Gegenstande. Er hatte grosse Männer in
seinem Vaterlande zu Vorgängern, die ihn
zu einer eben so glänzenden Laufbahn spornten;
er wetteiferte mit ihnen, und hob dadurch seine
natürlichen Anlagen noch mehr. Das an Gelehrten vom ersten Rang, so fruchtbare Burgund

A   stellte

stellte ihm aus den ältern Zeiten einen heil.
Bernhard, das erste Genie seines Jahrhunderts
und von so grossem Einfluß auf die Denkart
der damaligen Welt, und in der neuern Ge=
schichte einen, durch seine Beredtsamkeit und
Geistesgrösse so berühmten Bossuet, die Krebillon,
Piron, La Monnoye, Bouhier vor; Namen,
allein schon fähig, den regen Geist eines Jüng=
lings, der einen Funken Genie in sich fühlt,
in Feuer zu sezzen.

Den Anfang seiner Studien machte er auf
dem Gymnasium zu Dijon, das damals mit
einer Anzahl treflicher Gelehrten besezt war,
die viele grosse Männer und berühmte Schüler
aufgestellt haben. Seine Lehrer bemerkten so=
gleich den Keim iener Talente in ihm, die für
die Nazion so ruhmvoll geworden sind. Sie
suchten sie mit Sorgfalt zu entwikkeln und ihr
Zögling entsprach ihren Bemühungen völlig.
Von der Natur mit einem ungewöhnlich starken
Körper begabt, überlies er sich mit der uner=
müdlichsten Anhaltsamkeit — selten die Eigen=
schaft des Genies — leidenschaftlich dem
Studium, und, glüklicherweise fiel seine Thätig=
keit auf keine frivolen Gegenstände. Schon
von seiner ersten Jugend an hatte die Geometrie
etwas Anziehendes für ihn. Man weis, wie
sehr diese Wissenschaft dazu dient, dem Geist
eine richtige Bildung zu geben und wie sehr
sie schön eine gewisse Richtigkeit im Denken

vor=

vorausfezt. Statt sich nun, wie seine andere Kameraden, den Ergözlichkeiten seines Alters zu überlassen, machte Herr von Büffon, bei seinem Aufenthalt zu Angers, wo er seinen akademischen Studien oblag, eine vertraute Bekanntschaft mit dem P. Landreville, aus dem Orden des Oratoriums, der Professor der Mathematik am dasigen Kollegium war. Die Freundschaft und die guten Rathschläge dieses weisen und gelehrten Mannes nuzten ihm viel und er erinnerte sich immer mit Zärtlichkeit der köstlichen Unterhaltung wieder, die er hier in der Unthätigkeit und Muße der Provinz gefunden hatte.

Er war dazu gebohren, ausgezeichnete Freunde zu besizzen. Diese wählte er aus der Klasse von Menschen, die mit den Grundsäzzen einer vorzüglichen Erziehung Geist und Talente verbinden. Noch vor seiner Abreise aus Dijon hatte er sich mit dem Gouverneur des jungen Herzogs von Kingston, eines der ersten Englischen Lords, aufs engste verbunden. Der brittische Mentor führte ihn, als zweiten Telemach nun, auf einer Reise nach Italien. Herr von Büffon war damals neunzehn Jahre alt. Diese Reise, die so viele blos in der Absicht unternehmen, um Gemälde, Statüen und Ruinen zu sehen, hatte für den jungen Franzosen einen weit interessantern Erfolg. Er sahe Italien als ein reiches Magazin naturhisto-

rischer

rischer Schäzze an, die man sich unterm ofnen,
freien Himmel einsammeln könne. Addisson
hatte vor ihm, die Beschreibungen der Alten
in der Hand, die malerische Gegenden dieses
Landes betrachtet; Büffon betrachtete iezt, mit
dem Scharfblik des Genies, hier die schönsten
Auftritte der Natur, ihre ältere Trümmer,
und neuere Revolutionen. Thränen entrollten
ihm auf die Ruinen von Herkulanuum, die den
ältern Plinius dekten, gleichsam als hätte sich
die Natur rächen wollen an dem kühnen Genie,
das zu tief in ihre Werkstätte drang. Die
heilige, schon seit so vielen Jahrhunderten er=
loschene Asche schien sich gleichsam von neuem
zu beleben, um den Enthusiasm des iungen
Naturforschers zu entflammen; und dieser Reise
nach Italien haben wir vielleicht die Denkmäler
seines unsterblichen Geistes zu verdanken.

Nach seiner Zurükkunft aus Italien be=
schäftigte er sich mit einigen Uebersezzungen
englischer Werke; ein Beweis, daß er schon
frühzeitig das Bedürfnis fühlte, eine Sprache
zu kennen, die so reich an guten Schriften aller
Art geworden ist, und für das Genie, durch
ienes Wesen von Freiheit und Unabhängigkeit,
die sie athmet, noch ungleich wichtigeres In=
teresse hat. Aber diese Uebersezzungen waren
nicht fähig lange einen iungen Mann zu fesseln,
der nun selbst seine Kräfte zu fühlen anfieng,
und

und selbst bestimmt war, in alle Sprachen über=
tragen zu werden.

Eine Reise nach England unterbrach ihn
noch in etwas in seinen Arbeiten, denen er
nachhieng, wenn man anders das Verlangen,
sich mit eignen Augen zu unterrichten, und ein
berühmtes Land, dessen Gelehrten für den=
ienigen, der den Ehrgeiz besizt, es ebenfalls
werden zu wollen, so nüzlich sind; wenn man,
sage ich, das Verlangen, ein solches Land näher
zu sehen, eine Unterbrechung nennen will.
Ein vierteljähriger Aufenthalt zu London waren
für Herrn von Büffon, der seine Zeit zu be=
nuzzen wußte, das, was mehrere Jahre für
einen andern gewesen seyn würden.

Dem Genie fehlt's öfters in der Welt an
hinlänglichem Vermögen, um nicht in seinen
Fortschritten gehemmt zu werden. Den Herrn
von Büffon traf dies unglükliche Loos, das
auf der Bahn der Künste und Wissenschaften
so gemein ist, nicht. Reich durch sein mütter=
liches Erbtheil, ziemlich in der Kunst bewan=
dert, Vermögen zu erwerben, und Oekonom
genug, es zusammen zu halten, war ihm
Voltaire's Loos bestimmt, über alle Bedürfnisse
weg seyn, und, wie er, mit einem ausseror=
dentlichen Reichthum schliessen zu können. Funf=
zehn tausend Livres jährliches Einkommen,
waren für einen iungen, wohleingerichteten
Mann, der dem Geschmakke an den Wissenschaf=

A 3
ten

ten alle andere Neigungen untergeordnet hatte,
ein unermeßlicher Schaz. Ob er gleich die
weibliche Gesellschaft ausserordentlich liebte ,
so war er doch nicht dazu geeigenschaftet, ihre
Phantasien auf Kosten seines Vermögens zu
befriedigen. Ueberdies ließ die überwiegende
Neigung für sein Fach ihren Reizen keine Zeit,
zu viel Eindruk auf sein Herz zu machen.

Er kam endlich nach Paris, beschloß sich
daselbst niederzulassen, und war nun darauf
bedacht, sich Verbindungen zu verschaffen, die
seinen Planen und Entwürfen beförderlich wären.
Er hatte sie durch Nachdenken zur Reife gebracht
und alle liefen sie aus von dem grossen Ge=
danken, sich vor dem Alltäglichen auszuzeichnen
und die Naturwissenschaft auf eine Höhe empor
zu bringen , die sie vorher noch nie erreicht
hatte. Nicht, als wenn sich noch keine vor=
züglichen Köpfe damit beschäftiget hätten;
Frankreich hatte schon seine Tournefort und
andere berühmte Männer in diesem Fache ge=
habt; allein ihre Imagination war weder frucht=
bar, noch ihr Stil blühend genug, um die
Schönheiten der Natur allen Geistern fühlbar
zu machen. Es mußte ein grosser Maler seyn
und den fand man nicht; eine Ehre, die Herrn
von Büffon aufbehalten blieb.

Dü Hamel dü Monceau hatte den Fran=
zosen schon eine starke Richtung nach diesen
Gegenständen hin, gegeben; alle Journale, alle

Zirfel

Zirkel waren voll von feinen Verfuchen über die Holzarten, über die Fruchtbäume, und über mehrere Theile der Kräuterkunde. Er hatte auf feinen Gütern in Gatinois die Kanadifche Eichen, die Virginifche Rhüya, die Abend=ländifche Platanen und felbft die Zedern vom Libanon angepflanzt. Er war ein wenig älter, als Herr von Büffon, lebte wie er, in einem gewiffen Ueberfluß für einen Gelehrten — zu damaliger Zeit minder reich — und war fchon mit einigen nüzlichen Werken hervorgetreten, die die Aufmerkfamkeit der Regierung auf fich gezogen hatten. Antrieb genug für Büffon, feine Freundfchaft zu fuchen.

Wir laffen uns hier nicht auf die Unterfu=chung ihrer, mit einander gehabten Streitig=keiten, wegen einiger Auffäzze ein, die gewiffe, über die Hölzer gemachte Erfahrungen betrafen. Dü Hamel, von Natur zutraulich, hatte dem Herrn von Büffon die auf feinen Gütern in Gatinois von ihm felbft angeftellten Verfuche in der Abficht mitgetheilt, um fie zu Montbard nachmachen zu können. Er kommt in die Akademie und hört ein Memoire vorlefen, worinn Büffon das Intereffantefte und Merkwürdigfte aus den ihm geliehenen Papieren im Auszug zufammengetragen hatte; er bezeugt feine Ver=wunderung, beklagt fich öffentlich darüber, und Herr von Büffon, durch die Vorwürfe von Treulofigkeit, die ihm fein Kollege machte, aufs

äuf=

äufferſte gebracht, ließ es ſtatt aller Antwort, blos bei der Entſchuldigung bewenden: er bemächtige ſich des Guten, wo er es fände.

Man mag ein ſolches Benehmen auslegen, wie man will; ſo viel iſt zuverläßig, daß es Veranlaſſung zu einer merklichen Kälte zwiſchen den beiden Akademiſten gab, und Du Hamel, ein ſchlichter, gerader Mann, unterließ nicht, ſie gelegenheitlich blicken zu laſſen. (1)

Herrn

(1) Ein berühmter Akademiſt, der genau von den Streitigkeiten Du Hamels mit Büffon unterrichtet iſt, hat uns eine Erläuterung darüber mitgetheilt, die wir hierherſezzen.

Als Herr von Büffon von dem Herrn Du Hamel von ſeiner Arbeit über die Stärke der Holzarten, womit er ſich ſeit langer Zeit beſchäftigte, Nachricht erhielt, ſo eilte er, in der Akademie eine Vorleſung über die nemliche Materie zu thun. Du Hamel widerſprach ihm an mehreren Stellen, und kündigte der Geſellſchaft zugleich ſeine Arbeit an, mit der Bitte, daß ſeine Vorleſung in der nächſten Sizzung Statt haben möchte, damit man ſich von dem Unterſchied überzeugen und nicht glauben könne, er habe die Arbeit des Herrn von Büffon benußt. Die nachherige Sizzung verlangte Büffon ſeine Abhandlung, die man, wie er ſagte, nicht recht verſtanden habe, nochmals vorleſen zu dürfen, allein ſie

war

Herrn von Büffons Verdienste, die der Akademie schon bekannt waren, bestimmten ihn zu einem wichtigen wissenschaftlichen Posten, und Dü Fay, Intendant des königlichen Gartens, bedachte ihn unter der Genehmigung des Hofes, mit einem aus dem Nachlaß eines Gelehrten, vorzüglich schätzbaren Legat. Er schlug ihn dem Grafen von Maurepas vor, und Fontenelle drükte sich in dem Elogium Dü Fay's folgendermaffen darüber aus:

Er

---

war seit den Bemerkungen, die Dü Hamel gemacht hatte, abgeändert worden: Dü Hamel sagte nichts dazu, als: Sie haben ein gutes Gedächtnis, Herr Kollege. Und ich weiß das Gute zu benuzzen, wann ich es finde, versetze Herr von Büffon. Diese Abhandlung ist mit dem Namen der beiden Akademisten gedruckt.

Dü Hamel stellte nur Thatsachen, Versuche und Beobachtungen auf und war über die Folgerungen und Resultate selbst sehr furchtsam und zurükhaltend. Herr von Büffon bildete ein System, und lies darinn die Beobachtungen in einander greifen. Zwei so verschiedene Karaktere konnten nicht zusammen stimmen.

Was die Intendantenstelle über den königlichen Garten betrift, so war Dü Hamel bei deren Er-

A 5   lebi-

„Er machte sein Testament, wovon ein Theil
in einem Briefe bestand, den er an den Herrn
von Maurepas schrieb, um ihm den Mann
anzuzeigen, den er für seinen schiklichsten Nach=
folger in der Oberaufseherstelle über den könig=
lichen Gärten hielt. Er nahm ihn in die
Akademie auf, mit der er diese Stelle immer
verbunden wünschte, und die Wahl in dem
Herrn von Büffon, den er vorschlug, war so
gut, daß der König keine andere treffen wollte.‟

Dies Zeugniß Fontenelle's ist merkwürdig,
und nichts macht dem Herrn von Büffon mehrere
Ehre, als die Art mit der sich dieser Nestor in
der Litteratur und den Wissenschaften, in An=
sehung

---

ledigung abwesend und befand sich, auf des
Grafen von Maurepas Befehl, gerade damals
in England Der Herr von Denainvilliers hielt
für seinen Bruder um die Stelle an; der Mini=
ster antwortete ihm aber, daß er das nicht könne,
und dem Herrn Dú Monceau einen andern Plaz
aufbehalten, der ihm eben so schiklich wäre, und
worinn er ihn selbst noch lieber sehen würde.
Er bekam nun die Stelle des Generalinspektors
über das Seewesen.

Demnach konnte ich Sie also versichern, daß,
wenn einige Misverständnisse unter ihnen Statt
fänden, sie von keiner großen Bedeutung
wären.

ſehnng ſeiner ausdrükte. Er hatte den Ruhm
des Nachfolgers eines Dü Fay, deſſen Elogium
das lezte war, was aus ſeiner Feder floß,
voraus geſagt, und er wollte ſeine glänzende
Laufbahn nicht verlaſſen, ohne zuvor der Nazion
ein Genie anzukündigen, das eine nicht minder
ruhmvolle Bahn eröfnen würde.

Glaubwürdige Perſonen haben uns verſi=
chert, daß die Intendantenſtelle des königlichen
Gartens Dü Hameln ſchon verſprochen geweſen
wäre, ehe man noch an Herrn von Büffon ge=
dacht hätte. Und in der That war es eine Art
von Schiklichkeit, dieſes Amt einem Manne
zu übertragen, der ſich ſchon durch ſeine Kennt=
niſſe in der Kräuterkunde berühmt gemacht
hatte, und alles für dieſe Wiſſenſchaft auf=
opferte. Auſſerdem war er ſchon lange Dü
Fay's vertrauter Freund; durch einerlei Ge=
ſchmak an denſelben Gegenſtänden und durch
einerlei Sitten mit ihm verbunden. Allein bei
Dü Fay's Tode war Dü Hamel, gewiſſer bota=
niſcher Verſuche wegen, in England. Sein
Bruder de Denainvilliers, der den gemeinnüzzi=
gen Vortheil, der aus der Lage ſeines Bruders,
wenn er auf eine, ſeinem Geſchmak und Be=
ſchäftigungen ſo angemeſſene Art angeſtellt würde,
nicht aus den Augen ließ, eilte zwar , bei der
erſten Nachricht von Dü Fay's Tode herbei,
und bath den Miniſter um, die ſeinem Bruder
verſprochene Stelle. Er bekam aber die Ant=
wort,

wort, daß man schon unabänderliche Verbindungen gemacht habe, und als Dü Hamel aus England zurück kam, gab man ihm, zur Schadloshaltung die Stelle eines Generalinspektors über das Seewesen.

Diese beiden Erzählungen über die Art, wie Büffon zu der Intendantenstelle des königlichen Gartens gelangte, enthalten nichts, das einander widerspräche. Es ist wohl möglich, daß Dü Fay auf seinem Todtbette, mit mächtigen Vorstellungen überhäuft, seinen abwesenden Freund vergaß und für einen Mann bedacht war, der ausserdem in ieder Rüksicht seiner Nachfolge würdig war. Man darf die Welt nur ein wenig kennen, um sich zu erinnern, daß die Verkürzung abwesender Freunde eben so ausserordentlich selten nicht ist.

Kaum hatte Büffon seine Stelle angetreten, so arbeitete er ernstlich an der Ausführung seines grossen Entwurfs. Dies war sein Hauptgedanken, ein Gedanke, der ihn bißher beständig beschäftigt hielt, und nun in Zukunft alle seine Lebenstage ausfüllen sollte. Es ist ein Glük für einen Mann, wenn er für seine Stelle gemacht ist und eben so ein Glük für den Staat, der sich alsdann versprechen kann, für seine Aussaat zu Beförderung der Künste und Wissenschaften, auch wieder erndten zu können. Im Jahr 1744

sah

sah man ihn den Grundstein zu jenem maiestäti-
schen Gebäude der Naturgeschichte legen; seine
Abhandlung über die Geschichte und Theorie
der Erde, die er zu Montbard schrieb, bewies
dem Reich, daß Büffon die Muße auf dem
Lande zu benuzzen wußte. Hier reiften und
vervollkommneten sich die Ideen, die er im Um-
gang mit den Gelehrten der Akademie sam-
melte.

Bißher war die Naturgeschichte in Frankreich noch nicht mit der, ihr angemessenen
Würde behandelt worden; sie hatte mit der
Arzneikunde, Chemie und der Optik, die noch
die Hand des Genies erwarten, einerlei Schik-
sal. Es ist nicht zu läugnen, daß schon ge-
schickte Männer, sowohl in Frankreich als im
Auslande Materialien dazu gesammelt hatten,
aber noch keiner hatte den Gedanken gehabt,
ein ansehnliches Gebäude davon aufzuführen.
Wir wollen hier nicht einmal von dem Geist
des Systems reden, den Büffon vielleicht ein
wenig zu weit getrieben hat, so kann dies Ge-
ständniß seinem Andenken nicht nachtheilig seyn;
denn Systeme, die nicht auf Erfahrung gestüzt,
blos auf Muthmaßungen der Imagination erbaut sind, sind gefahrvolle Gebäude, die hinter
reichen Verzierungen ihre wankenden Pfeiler
verstekken. Aber wenn man an die herrliche
Bearbeitung der Naturgeschichte, an die grossen
und tiefen Blikke, die ihr so auszeichnend eigen
sind,

sind, an iene so reiche und mannigfache Schilde=
rungen, an die glükliche Zusammenstellung
isolirter Thatsachen, die durch die Vergleichung
in ein so helles Licht gestellt werden, an iene
starke Imagination, die dem Verfasser bei so
verschiedenem Stoff immer zu Gebote stand,
an seinen bezaubernden Stil, an den feinen
Geschmak, mit dem er Schmuk an Gegen=
stände anbrachte, die dessen fähig waren,
denkt; so muß man erstaunen über das, was
er gethan hat, man muß ihm einen besondern
Rang über alle ältere und neuere Naturforscher
geben, und Plinius würde stolz darauf seyn,
sich an seiner Seite zu erblikken.

Betrachten wir den Umfang seiner Kennt=
nisse, so waren sie unermeßlich; die ganze
Geographie der Erde lag vor seinen Augen,
und nichts kommt der Geschwindigkeit bei, mit
der er ihre gränzenlosen Räume durchlief, und
immer Bemerkungen geographischer Thatsa=
chen gegen einander stellte. Hierin genoß er
nun grosse Vortheile vor einem Plinius, dessen
Beschreibungen der Erdkugel nur ein blosses,
mageres Namenregister war. Büffon hatte
alle Reisebeschreibungen gelesen, und was noch
mehr ist, er hatte sie mit dem Blik des Phi=
losophen gelesen, der unter dem Chaos zu
wählen weiß. Sie verschaften ihm den Nuzzen,
daß er aufgezeichnete Fakta der Natur erhielt,
die er in seinen Abhandlungen über den Men=
schen

schen und die Thiere treflich zu verarbeiten ver=
stand. Es war keine schwerfällige oder eitele
Gelehrsamkeit; es waren Resultate, die oft
Stoff zu weitern Ideen geben. Nichts ist
leichter, als dem Schriftsteller in seinem, ob=
gleich sehr raschen Gange zu folgen; man wird
fortgerissen, und das lebhafte Kolorit seines
Stils erlaubt dem Leser nicht, laß zu werden.
Wenn man seine Bekanntschaft mit so vielen,
in seiner Naturgeschichte, entwickelten Systemen
bedenkt, welche Bewunderung fordert dann die
ungeheure Belesenheit und Beurtheilungskraft,
die dazu unumgänglich gehörte! Und doch litt die
Erfindung nichts durch die Kunst, so viele
Ideen zu würdigen. Aber was unter allem
die hervorschimmerndste Eigenschaft ist, ist iener
Beobachtungsgeist, der in Körpern sowohl,
als in empfindenden Wesen so viele neue Eigen=
heiten, Triebe, Kräfte und unbekannte Fertig=
keiten entdekt hat, von dem allen die Gelehr=
ten nicht einmal etwas vermutheten, obgleich
die nemlichen Gegenstände hundertmal vor ih=
ren Augen lagen. So bemerkt das Genie nur
allein, was sich dem grossen Haufen verhüllt,
gleichwie das durchdringende Auge des Adlers
weiter und genauer schaut, als der Pöbel der
Vögel.

Es würde überflüßig seyn, wenn wir uns
noch länger über das Verdienst der Naturge=
schichte ausbreiten wollten. Das Werk ist

unsterb=

unſterblich, ſein Plan und ſeine Ausführung
erwarb ſich den Beifall der Nazion und Euro=
pens. Es iſt ſchön, wenn man andern an
den Wiſſenſchaften Geſchmak beibringen kann,
die man der Vollkommenheit näher brachte.
Büffon hatte den Ehrgeiz, die Naturkenntniß
überall in der Welt einzuführen, und ihr An=
hänger zu verſchaffen. Sein bezaubernder
Stil zog ſie ohne viele Mühe herbei. Er wußte
es, daß man, um ſeinen Zwek glüklich zu
erreichen, durch Bilder auf den Geiſt, und
aufs Herz; durch die Sprache der Empfindung
wirken müſſe. Alles athmete unter ſeinem
Pinſel; ſeine Proſe hatte faſt dichteriſche
Farben und Schwung; die Natur erſchien in
ſeinen Malereien in ihrer ganzen Pracht und
mit allen Grazien umgeben. Wenn das Süjet
der Beredtſamkeit Stoff gab, ſo konnte man
von ihm ſagen, daß er es zu behandeln ver=
diente. Kein Maler wußte noch ie ſo viel
Reichthum in ſeine vielumfaßende und glük=
liche Darſtellungen zu bringen.

Alles wird bei unſerer Nazion zur Mode,
und dieſer Geſchmak an der Neuheit, die
verehrteſte Göttin der Franzoſen, bringt öfters
ſehr vortheilhafte Wirkungen hervor. Büffons
Stil verdankte man nun dir, daß man in alle
Klaſſen der feinern Welt den Geſchmak an der
Naturgeſchichte verbreitete. Jeder wollte
Naturforſcher ſeyn, oder es wenigſtens ſcheinen.
Man

Man sah allenthalben reiche Samlungen machen
und Naturalienkabinete anlegen; Seltenheiten
wurden aus allen Ländern der Erde zusammen=
gebracht, und systematisch geordnet. Man
hielt Vorlesungen über diese Wissenschaft, und
die Damen sezten eine Ehre darin, sie fleißig
zu besuchen. Um ein, an sich schon so anziehen=
des und so lange hintangeseztes Studium noch
mehr zu erleichtern, machten geschikte Sammler
Wörterbücher, aus denen sich auch die Trägheit
und Eigenliebe im Nothfall berathen konnten.
Man lernte die Namen der verschiedenen Pro=
dukte, die die Natur als Seltenheiten über der
Erde ausgestreut, oder in ihren Eingeweiden
verstekt hat, auswendig. Die meisten dieser
eingebildeten Gelehrten waren freilich nur ver=
mögende Dilettanten; allein ihre ansehnliche
Sammlungen konnten das unbemittelte Genie
unterstüzzen, weil diese reichen Halbköpfe ihre
Schäzze gemeinnüzzig machten, und nicht, wie
sonst gewöhnlich, dazu den Zutritt verschlossen.
Einem Büffon war es vorbehalten, sein
Jahrhundert in eine solche Regsamkeit zu ver=
sezzen. Er war einer von den grossen Geistern
iener berühmten Epoche, wo Voltäre durch
sein Universalgenie, Johann Jakob Rousseau
durch seine Beredsamkeit und sonderbare Mei=
nungen, Montesquieu durch den Geist der
Gesezgebung, und d'Alambert und Diderot
durch den ungeheuren Plan ihrer Encyklopädie
B   die

die Welt in Erstaunen sezten. Der franzöfische Plinius behauptet einen vorzüglichen Pláz unter diesen großen Männern. Das hatte er mit dem Römischen Plinius gemein, daß seine Beherrscher und ihre Staatsmänner ihn immer begünstigten; daß ihn das Schikfal in eine Lage sezte, eine Arbeit zu übernehmen, die, ohne grosses Vermögen, zu unternehmen unmöglich ist, und daß ihn noch endlich der Sporn der Ehre antrieb, mit Riesenschritten die grosse Laufbahn zu durcheilen, die er sich einmal eröfnet hatte.

Freund der ofnen Gefilde, weil er Freund der Natur war, brachte Büffon mehr als die Hälfte seines Lebens zu Montbard auf seinen Gütern zu, wo er prächtige Gärten hatte anlegen lassen, die mit allen Gattungen von in = und ausländischen Bäumen bepflanzt waren. So war er überall mit den Gegenständen seiner Werke umgeben, und selbst seine Erholungsstunden brachten ihn immer wieder auf sie zurük. Ja, er fand in Montbard noch besser als in Paris, die nöthige Zeit, seine Ideen auszubilden, und die Farben, sie zu malen. Hier, unter einem weit schönern Himmel, in der Sammlung, in die ihn eine tiefe Einsamkeit versezte, nicht durch städtische Zerstreuungen und lästige Visiten unterbrochen, überließ er sich dem Vergnügen, seine Werke auszuarbeiten. Ein ganz einfacher Pavillon war das Kabinet,

wo

wo er am liebſten mit der Natur allein war.
Da zeichnete er mit kühnem Pinſel vielum=
faſſende Gemälde, dá durchdachte er erhabene
Gedanken. Montbard verdient in der Geſchichte
der Wiſſenſchaften eben den Ruhm, den Ferney
in der Geſchichte der Literatur verdient. Frem=
de, die nach Bourgogne reiſten, näherten ſich
Montbard immer mit einer Art von Ehr=
furcht.

Eine ſchöne Stunde in Büffons Leben war
für ihn die, als ihn die franzöſiſche Akademie,
dieſ erhabene Kollegium, um deſſen Stellen
man ſo angelegentlich buhlt, ihn in ihrer Mitte
zu beſizzen wünſchte. Wenn man einigen Per=
ſonen hierin Glauben beimeſſen darf, ſo wollte
man ihn ſogar der beſchwerlichen Viſite und
unangenehmen Bewerbung überheben. Ob
nun dies gleich wenig mit der, ſonſt behaupte=
ten Sitte der Akademie übereinſtimmte, ſo
ſchrieb doch wenigſtens Büffon, der gerade
damals zu Montbard war, ſeine Abhandlung
in ſeiner ländlichen Muße, und kam nicht eher
nach Paris zurük, als um von ſeiner Stelle
in der Akademie Beſiz zu nehmen. Es iſt
indeſ doch zu vermuthen, daß er die herge=
brachten Geſezze zuvor beobachtete, ehe er die
Vorleſung bei ſeiner Aufnahme hielt. Wir
theilen dieſe Vorleſung, die vollkommen der
Abſicht entſprach, die ſich der Verfaſſer bei
der Wahl dieſer Materie vorgeſezt hatte, als

ein

ein Muſter des Stils faſt ohne alle Abkürzung
mit. Nur können wir nicht umhin, ihm einen
kleinen Vorwurf wegen der erſten Zeile dieſer
Abhandlung zu machen, wo er ſich der Eitel=
keit ein wenig verdächtig zu machen ſcheint,
indem er die verſammelte Akademie mit den
Worten anredet: Sie haben mir, meine Herren,
eine außerordentliche Ehre durch den Ruf
in Ihre Geſellſchaft erwieſen. Er hätte
wohl nicht ſagen ſollen, daß ihn die Akademie
berufen habe. Beſcheidenheit kleidet immer
groſſe Männer gut, und ſie ſind ſo vielen mit=
telmäßigen Köpfen das gute Beiſpiel ſchuldig,
ſich bei feierlichen Gelegenheiten mit einer Tugend
zu ſchmükken, die die ſeltene Eigenſchaften
eines Genies in ein noch vortheilhafteres Licht
ſezt.

Sei dem nun, wie ihm wolle; dieſe Vor=
leſung, worinn der Verfaſſer von der Schreib=
art handelte — eine Materie, in der er
ſeine Kräfte fühlte, enthält die lichtvollſten
Ideen.

Auszüge aus Herrn von Büffons Rede, bei seiner Aufnahme in die französische Akademie.

Es hat zu allen Zeiten Menschen gegeben, die durch Machtworte andern zu befehlen wußten. Erst in den erleuchteten Jahrhunderten hat man angefangen, gut zu schreiben und gut zu reden. Die wahre Beredtsamkeit sezt Uebung von Talenten und Geistesbildung voraus. Sie ist sehr verschieden von jener natürlichen Beredtsamkeit, die blos Naturgabe und allen denienigen eigen ist, die starke Leidenschaften, geschmeidige Organe und eine lebhafte Einbildungskraft besizzen. Solche Menschen haben ein feuriges Gefühl, werden gerührt, drükken ihre Empfindungen äußerlich eben so lebhaft aus, und tragen durch einen blos mechanischen Eindruk ihren Enthusiasm und die nemliche Rührungen in andere über. Es spricht ihr Körper, alle Bewegungen und Geberden werden aufgeboten und genuzt. Was braucht's, um den grossen Haufen zu bewegen und mit sich fortzureißen? Was braucht's, um die meisten übrigen Menschen zu erschüttern und zu gewinnen? Einen starken, pathetischen Ton, ausdruksvolle und gehäufte Gesten, fließende und wohlklingende Worte. Aber bei jener kleinen Anzahl von Männern, die sich ein festes

Sy=

System gebildet haben, die mit dem feinsten
Geschmak einen durchdringenden Verstand ver=
binden, und die, wie Sie, meine Herren,
Ton, Geberden und den leeren Wortklang wenig
in Anschlag bringen, muß man Sachen, muß
man Gedanken, Gründe vorbringen; man muß
sie darzustellen, zu nüanciren, zu ordnen wissen;
es ist nicht genug, das Ohr zu küzzeln, und
das Aug zu beschäftigen, man muß auf die
Seele wirken, man muß den Verstand über=
zeugen, und dadurch das Herz gewinnen.

Schreibart, Stil ist nichts anders, als die
Anordnung und der Gang unserer Gedanken.
Kettet man sie eng in einander, drängt ein
Gedanke den andern, so wird die Schreibart
kraftvoll, stark und bündig. Hängen die Ge=
danken nachläßig zusammen, machen nur
Worte ihre Verbindung aus, sie mögen auch
noch so ausgesucht zierlich seyn, der Stil wird
weitschweifig, matt und schleppend.

Ehe man aber auf die Anordnung bedacht
ist, in der man seine Gedanken vortragen
will, muß man sich zuvor einen andern allge=
meinen Plan gemacht haben, wobei nur die
ersten Grundzüge und die wesentlichsten Ideen
in Betrachtung kommen dürfen. Das geschieht
dadurch, daß man ihnen ihren Plaz auf den
Raum anweißt, den der Gegenstand beschreibt,
und ihren Umfang übersieht; daß man — be=
ständig die ersten Grundlinien vor Augen — die
ge=

gehörigen Zwischenräume bestimmt, welche die
Hauptgedanken von einander trennen, und die
Nebenideen durchdenkt, die zu ihrer Ausfüllung
dienen. Durch Geistesstärke wird man sich
alle wesentliche und minder wesentliche Ideen
unter ihrem wahren Gesichtspunkt vor Augen
stellen; durch hinlängliche Unterscheidungskraft
wird man unfruchtbare Ideen von gehaltvollen
Gedanken abzusondern wissen; durch die
Wahrnehmungen des Scharfsinns, die man
bei langer Bekanntschaft mit dem Schreiben
macht, wird man zum voraus das Resultat
aller dieser Geisteswirkungen bestimmen kön=
nen. Wenn das Sujet nur einigermassen viel=
umfassend und verwikkelt ist, so ist man selten
im Stande, es mit einem Blik zu greifen,
oder es durch eine und die erste Anstrengung
des Geistes ganz zu durchbringen; ja es ist,
nach manchen Betrachtungen immer noch etwas
seltenes, alle Beziehungen auf einander zugleich
festzuhalten. Man kann sich deswegen nicht
zu lang mit ihm beschäftigen; ja das ist im
Grunde das einzige Mittel, seinen Gedanken
Haltung, Umfang und Schwung zu geben.
Je mehr man ihnen Festigkeit und Stärke ver=
schaft; je leichter wird es alsdann, ihnen Aus=
druk zu geben, und sie vorzutragen.

Dieser Plan ist der Stil noch nicht selbst,
aber er ist seine Grundlage; er stüzt den Stil,
regiert und bestimmt seinen Gang und macht ihn

von

von Gesezzen abhängig. Ohne ihn verirrt sich
der beste Schriftsteller, seine Feder schweift ohne
Leitung umher, entwirft zwekwidrige Schilderungen und Figuren ohne Verhältniß. So
schimmernd auch die gegriffene Farben sind,
so viel einzelne Schönheiten er auch anbringt,
so wird doch das Ganze misfallen, oder sich
nicht fühlen laffen, es ist ohne Verbindung. Man
wird das Talent des Verfassers bewundern,
und Mangel an Genie bei ihm vermuthen.
Aus keiner andern Ursache schreiben diejenigen
schlecht, die gerade so schreiben, wie sie sprechen, wenn sie auch noch so gut sprechen;
aus keiner andern Ursache verfallen diejenigen,
welche sich dem ersten Feuer der Einbildungskraft überlassen, in einen Ton, in dem sie
sich nicht erhalten können; aus der nemlichen
Ursache können Schriftsteller, die isolirte,
flüchtige Gedanken zu verlieren fürchten, und
zu verschiednen Zeiten einzelne Stükke aus-
arbeiten, niemals ohne gewaltsame Uebergänge
ihren Gegenstand bis ans Ende im Zusammenhang behandeln; und blos allein daher kommen
endlich so viele Werke, die aus Bruchstükken
zusammengesezt sind, und so wenige, die ein
und derselbe Zug entwarf.

Und doch ist iedes Süjet nur ein Ganzes;
so gros sein Umfang auch ist, so mus es eine
einzige Abhandlung umspannen können. Unter-
brechungen, Ruhepunkte, Abschnitte dürfen
nicht

nicht Statt haben, ausser wenn man verschiedene
Gegenstände behandelt, oder wenn man von
grossen, schwierigen, ungleichartigen Materien
zu reden hat, und der Gang des Genies durch
die mannigfaltigenGegenstände unterbrochen und
durch die Nothwendigkeit der Umstände gefesselt
wird. Sonst zerstören die zu gehäuften Ein-
theilungen noch die Verbindung des Ganzen,
statt daß sie dem Werk mehr Zusammenhang
geben sollten; das Buch scheint dadurch, dem
Auge noch an Licht zu gewinnen, allein das
Gemälde des Verfassers bleibt unverständlich;
der Gegenstand kann auf den Geist des Lesers
keinen Eindruk, ja sich nicht einmal faßlich
machen, wenn nicht der Faden zusammenhängt,
wenn nicht die Gedanken zusammenstimmend
auf einander folgen, und sich nur nach und nach
entfalten; wenn nicht ein gewisser Stuffengang,
eine gewisse Einförmigkeit Statt hat, welcher
iede Unterbrechung schadet.

Warum sind die Werke der Natur so vollkommen? Jedes Werk ist ein Ganzes, und sie
arbeitet nach einem ewigen Plan, von dem sie
niemals abweicht; sie bereitet den Keim ihrer
Schöpfungen im Stillen; sie entwirft in einem
einzigen Akt die primitive Form iedes lebendigen Wesens; dann entwikkelt sie solche und
bildet sie mit ununterbrochener Bemühung in
einer bestimmten Zeit aus. Das Werk sezt in
Erstaunen, aber es ist ein Abdruk der Gott-

B 5

heit,

heit, deren Züge es trägt, und soll Eindruk in
uns erwekken. Der menschliche Geist kann
nichts erschaffen; er bringt nur dann etwas
hervor, wenn ihn Erfahrung und Nachdenken
befruchtet hat; seine Kenntnisse sind die Keime
seiner Produkte. Wenn er aber die Natur in
ihrem Gang und ihren Operationen nachahmt,
wenn er sich durch Betrachtungen zu den er=
habensten Wahrheiten emporschwingt, wenn er
sie vereint, wenn er sie zusammenkettet, so wird
er unsterbliche Denkmäler auf unerschütterlichen
Fundamenten errichten.

Es ist Mangel an Plan, Mangel an vor=
herigem hinlänglichen Ueberdenken seines Gegen=
standes, wenn ein vorzüglicher Kopf in Ver=
legenheit kömmt und nicht weiß, wo er anfangen
soll zu schreiben; er hat eine Menge Ideen vor
sich, aber sie sind weder gegen einander abge=
wogen, noch einander untergeordnet, er weiß
nicht, welche er vorziehen, welche er weglassen
soll und bleibt in Verlegenheit. Sobald er sich
hingegen einen Plan gemacht, sobald er alle
die wesentliche Gedanken, die zum Sujet ge=
hören, gesammelt und in Ordnung gestellt haben
wird, so ruft ihn der Augenblik von selbst,
wann er seine Feder ergreifen soll; er fühlt den
Zeitpunkt, wenn sein Geistesprodukt zur Reife
gediehen ist, er fodert seine Entwikkelung und
schreibt dann mit Vergnügen; die Gedanken wer=
den leicht auseinander fließen und der Stil wird
natür=

natürlich und verständlich werden; aus jenem
Vergnügen wird eine gewisse Wärme entstehn,
die sich über alles ergießen und iedem Ausdruk
Leben geben wird; alles wird mehr und mehr
beseelt werden, der Vortrag erhebt sich, die
Gegenstände bekommen Farbe, Empfindung und
Klarheit verstärkt sie, führt den Schriftsteller
weiter, läßt ihn von dem Gesagten zu neuen
Gedanken übergehn, und seine Schreibart wird
anziehend und lichtvoll.

Nichts verträgt sich weniger mit der Wärme,
als die Begierde, allenthalben schimmernde Züge
anzubringen; nichts ist dem Licht mehr entgegen, das sich über eine Schrift gleichförmig
verbreiten muß, als die Funken, die man nur
gewaltsam durch Wortzwang herausbringt,
und die uns nur deswegen einige Augenblikke
blenden, um uns hernach in der Finsterniß zu-
rükzulassen. Es sind Gedanken, die nur durch
Gegensäzze glänzen; man stellt nur eine Seite
des Gegenstandes ins Licht, alle andere in
Schatten; und gewöhnlich ist diese gewählte
Seite eine Spizze oder ein Winkel, bei dem
sich der Geist mit desto grösserer Leichtigkeit
aufhält, ie mehr er die grossen Seiten, auf
welchen der natürliche Menschenverstand die
Sachen anzusehn gewohnt, aus dem Auge
entfernt.

Nichts verträgt sich ferner weniger mit der
wahren Beredtsamkeit, als iene zugespizte,

feine

feine Gedanken und jenes Haschen nach gefälligen,
schimmerndern und oberflächlichen Ideen, die
wie das geschlagene Gold nur mit dem Verlust
ihres Gehalts ihren Glanz bekommen; je mehr
man auch dieser feinen, blizzenden Funken über
ein Werk ausstreut, je weniger Kraft, Licht,
Feuer und Stil wird man antreffen, es müßte
dann der Schriftsteller sich gerade dies zum
Zwek gemacht haben, und nichts anders wollen,
als scherzen und belustigen; alsdann möchte
wohl aber die Kunst, Armseligkeiten gut zu
behandeln, schwerer seyn, als die Kunst grosse
Gegenstände zu bearbeiten.

Nichts ist der natürlichen Schönheit mehr
zuwider, als die Anstrengung eines Schrift=
stellers, gewöhnliche Sachen auf eine außer=
ordentliche und prächtige Art zu sagen; nichts
würdigt ihn mehr herunter, als dies. Weit
entfernt, ihn zu bewundern, bedauert man ihn,
daß er so viele Zeit mit neuen Sylbenverbin=
dungen verschwendet hat, um damit nichts
anders zu sagen, als was jedermann sagt.
Das ist der Fehler ausgebildeter, aber unfrucht=
barer Köpfe; sie haben Worte im Ueberfluß,
aber keine Gedanken; sie arbeiten über Worte,
reihen Redensarten zusammen, und bilden sich
ein, Ideen aufgestellt zu haben; sie verfälschen
die Sprache, indem sie die Wortbedeutungen
verdrehen, und wähnen dadurch die Sprache
verfeinert zu haben. Solche Schriftsteller haben
gar

gar keinen Stil, oder blos einen Schatten da=
von; der Stil soll Gedanken zeichnen und sie
wissen nur Wörter hinzuwerfen.

Wenn man gut schreiben will, so muß man
seinen Gegenstand völlig gefaßt, man muß hin=
länglich drüber gedacht haben, um die Ordnung
seiner Gedanken deutlich übersehen und daraus
eine Verbindung, eine zusammenhängende Kette
knüpfen zu können, an der iedes Glied eine
Idee ausdrükt; und wenn man dann die Feder
ergriffen hat, so muß man sie gleichhaltig nach
einem Zug fortführen, ohne sie abschweifen,
ohne sie bald stärker, bald schwächer ansezzen
zu lassen, ohne ihr einen andern Gang zu ver=
statten, als der dem Raum, den sie durch=
laufen soll, angemessen ist.   Hierin besteht
die Ernsthaftigkeit der Schreibart, so wie ihre
Zwekmäßigkeit und regelmäßiger Gang; und
dies allein wird sie auch bestimmt und einfach,
gleichfliessend und deutlich, lebhaft und zu=
sammenhängend machen.   Wenn man mit dieser
ersten Regel nun Delikatesse und Geschmak,
Sorgfalt in der Wahl der Ausdrükke und
Aufmerksamkeit, um die Sachen mit den be=
stimmtesten Wörtern zu benennen, verbindet, so
wird der Stil Würde bekommen.   Kommt
noch Mistrauen gegen das erste Gefühl, Ver=
achtung alles dessen, was nur schimmert und
ein beständiger Widerwille gegen Zweideutig=
keiten und Scherze hinzu, so bekommt der

Stil

Stil Männlichkeit und Majestät. Wenn man
endlich schreibt, wie man denkt, wenn man
selbst von dem überzeugt ist, wofür man an=
dere gewinnen will, so wird man eben durch
diese Ehrlichkeit gegen sich selbst, worinn der
Wohlstand gegen andere und die Wahrheit des
Stils besteht, völlig seinen ganzen Endzwek
erreichen; wenn nur diese innere Ueberzeugung
sich nicht durch einen zu übertriebenen Enthu=
siasm zeichnet, und wenn nur überhaupt mehr
Aufrichtigkeit als Zuversichtlichkeit, mehr Gründ=
lichkeit als Feuer herrscht.

So scheinen Sie mich, meine Herren, in
Ihren Schriften zu unterrichten; mein Geist,
der mit Begierde Ihre Aussprüche der Weisheit
auffieng, wollte sich erheben und es versuchen,
sich bis zu Ihnen emporzuschwingen; eitler
Versuch! Die Regeln, sezten Sie noch hinzu,
können den Geist nicht ersezzen; wenn der fehlt,
so sind die Regeln umsonst. Gut schreiben
heißt allemal gut denken, gut empfinden und
seine Empfindungen gut mittheilen; es heißt
zu gleicher Zeit, Geist, Gefühl und Geschmak
besizzen; Stil sezt eine Vereinigung und Uebung
aller Verstandeskräfte voraus; Ideen allein
machen die Materie des Stils aus; die
Harmonie der Worte ist ein Nebenwerk und
hängt von der Empfindlichkeit der Organe ab.
Um den Mißlaut der Worte zu vermeiden,
darf man nur ein wenig Ohr haben, und dies

darf

darf nur ein wenig durch die Lesung der Dichter und Redner geübt und gebildet worden seyn, um ganz mechanisch den poetischen Fall, und die oratorischen Wendungen nachahmen zu können. Nun hat aber Nachahmung nie etwas Neues geschaffen; dieser Wohlklang der Worte macht daher auch weder die Sache selbst, noch den Vortrag der Schreibart aus, und findet sich öfters in Werken, die von Ideen ganz leer sind.

Vortrag — Ton ist Uebereinstimmung des Stils mit der Natur des Gegenstandes; er darf nie gezwungen seyn; er muß sich ganz natürlich aus der Sache selbst ergeben und von den Hauptgedanken abhängig seyn, die man darstellt. Wenn man sich zu vielumfassenden Gedanken erhebt, und der Gegenstand an und für sich groß ist, so wird sich der Ton zu der nemlichen Höhe erheben, und wenn er sich in diesem Schwung erhält und das Genie fruchtbar genug ist, einem ieden Gegenstand ein starkes Licht zu geben, wenn man eine starke Zeichnung noch durch ein schönes Kolorit erheben, wenn man, mit einem Worte, iede Idee durch ein lebendiges und passendes Bild darstellen und aus ieder Ideenfolge ein harmonisches und sprechendes Gemälde machen kann, so wird der Vortrag nicht blos nachdrüklich und stark, sondern auch erhaben seyn.

Hier

Hier würde nun, meine Herren, die Anwendung mehr sagen, als die Regeln, Exempel würden belehrender seyn, als trokne Vorschriften; allein es ist mir nicht erlaubt, die erhabenen Stellen, die mich bei Lesung Ihrer Werke so oft bezaubert haben, anzuführen, und ich muß mich blos auf Betrachtungen einschränken. Nur gut geschriebene Werke werden einzig und allein auf die Nachwelt kommen; die ungeheuersten Kenntnisse, die sonderbarsten Fakta, selbst die neuesten Entdekkungen sind keine sichere Bürgen der Unsterblichkeit. Wenn die Werke, die sie enthalten, sich nur um kleine Gegenstände herumdrehen, wenn sie ohne Geschmak, ohne Würde, ohne Geist geschrieben sind, so gehen sie unter, weil die Kenntnisse, die Fakta, die Entdekkungen sich erhalten, sich übertragen und selbst noch dadurch gewinnen, daß sie geschiktern Händen aufbehalten werden. Diese Dinge liegen ausser dem Menschen, der Stil ist gleichsam der Mensch selbst. Der Stil kann sich nicht übertragen, nicht verändern; wenn er nemlich edel und erhaben ist, so wird man den Schriftsteller zu allen Zeiten gleich stark bewundern, denn nur Wahrheit dauert fort und ist ewig. Nun ist aber ein schöner Stil durch nichts anders schön, als durch die Menge von Wahrheiten, die er vorträgt. Alle geistige Schönheiten, die er umfaßt, alle Verbindungen, aus denen er besteht,

sind

ſind eben ſo viel nüzliche Wahrheiten und vielleicht dem menſchlichen Geiſte noch ſchäzbarer,
als die, welche das Materiale der Schreibart
hergeben.

Das Erhabene kann nur bei groſſen Gegenſtänden Statt finden. Die Dichtkunſt, die
Geſchichte und die Philoſophie haben einerlei
Gegenſtand, in der That einen groſſen Gegenſtand, den Menſchen und die Natur. Die
Philoſophie beſchreibt und zeichnet die Natur;
die Dichtkunſt malt und verſchönert ſie, ſie
malt eben ſo den Menſchen, ſie vergröſſert,
ſie erhöht ihn, ſie ſchaft Heroen und Götter.
Die Geſchichte malt blos den Menſchen und
zwar ſo, wie er iſt; daher wird ihr Vortrag
nur dann erhaben ſeyn, wenn ſie Schilderungen
von vorzüglich groſſen Männern macht, wenn
ſie vorzüglich groſſe Thaten, Veränderungen
und Revolutionen erzählt; auſſerdem wirds immer genug ſeyn, wenn ſie nur voll Adel und
majeſtätiſch iſt. Der Vortrag des Philoſophen
wird allemal erhaben ſeyn können, wenn er
von den Naturgeſezzen, von den Weſen im
Allgemeinen, vom Raum, von der Materie,
von der Bewegung und der Zeit, von Empfindungen und von Leidenſchaften ſpricht. Uebrigens darf er nur edel und ſtark ſeyn. Allein
der Vortrag des Redners oder des Dichters
muß, ſobald er ein groſſes Süjet vor ſich hat,
immer erhaben ſeyn, weil es ganz in ſeiner

C   Macht

Macht steht, seinem Gegenstande so viel Farbe,
so viel Bewegung, so viel Täuschung zu geben,
als er nur immer will; er muß, weil er immer
malen, immer die Figuren vergröffern soll,
überall seine volle Geistesstärke gebrauchen und
den ganzen Umfang seines Genies entfalten.

———

Dem Herrn von Büffon erlaubten in Paris
die Besuche, die seine Stelle erfordexte, und
der gesellschaftliche Wohlstand so viel Muße
nicht, als auf dem Lande; allein sein thätiger
Geist war auch hier nicht minder beschäftigt.
Meister in der Kunst, die Regierung für die
Fortschritte seiner Lieblingswissenschaft zu in-
teressiren, suchte er auf eine verschwenderische
Art, die oft an Luxus gränzte, das prächtige
königliche Naturalienkabinet zu bereichern. Er
würde der Natur daraus einen Tempel erbaut
und ihn sowohl mit allen Gattungen auf der
Erde verbreiteter Geschöpfe, als mit Proben
aller Produkte ausgeschmükt haben, die nur
ihre Oberfläche aufweißt und ihr Schooß ver-
birgt. Seine in der Absicht entworfene Anlage war in der That erhaben; daß sie nicht
ausgeführt wurde, sezte ihn nicht herab, es
war Mangel an den Mitteln dazu. Ausserdem
sezte er alle Länder, alle Grossen der Erde in
Kontribution; die Schiffe brachten ihm von
ihren

ihren entferntesten Fahrten Reichthümer mit,
wie er sie gerne hatte, und selbst in den Schrek=
ken des Kriegs wurden diese Reichthümer, durch
seinen Namen gedekt, verschont. Durch seine
thätige Bemühungen wurde das königliche Na=
turalienkabinet das prächtigste und reichhaltigste
in Europa. Es wurde für Ausländer ein
Beweggrund mehr, diese ohnehin schon, an so
mannichfaltigen Schauspielen reiche Hauptstadt
zu besuchen. Wenigstens war es ein wissen=
schaftliches Schauspiel, das uns an dem Vor=
wurf von Frivolität rächte, die man uns in
so vielen andern Dingen zuschrieb.

Der königliche Garten war, vor ihm, in
einen sehr engen Raum eingeschränkt; es war
auch nicht einmal Hofnung da, ihn vergrössern
zu können, weil ihm durch geheiligte Besiz=
thümer diese Schranken gesezt waren. Herr
von Büffon machte den Entwurf, wie man
ihn über diesen engen Raum hinaus erweitern
könnte. Hier waren so viele Pflanzen, die
die Fortschritte der Botanik und Arzneifunde
befördern, so wie das Auge der Naturforscher
befriedigen sollten, gleichsam wie in einem Ge=
fängnis eingeschlossen. Er erhielt von der Abtei
St. Viktor einen ansehnlichen Distrikt, der bis=
her ganz unedel zu Zimmerplätzen gebraucht
wurde, die man ganz wohl auch anders wohin
verlegen konnte. Jezt eröfneten sich neue Alleen,
neue Anpflanzungen von Kräutern wurden ge=

macht,

macht, und dies in dem ungeheuren Paris
so lange übersehene Quartier wurde nur durch
einen Büffon in einen Schauplaz der Natur=
wissenschaft verwandelt.

Indeß hatte demohngeachtet dies grosse
Genie, das gleichsam mit allen Lorbeern des
Ruhms überladen war, seine Widersacher.
Manche fanden, daß seine Schreibart nicht
immer der Natur seiner Gegenstände angepaßt,
noch so mannigfaltig als die Sachen war, die
er malen wollte. Andre warfen ihm Schwulst
vor, ein Fehler, der freilich die besten Sachen
verunstalten kann, wenn Herr von Büffon dessen
hätte überführt werden können. Man erinnert
sich noch der wizzigen Anmerkung des Voltaire —
sonst, wenn er ohne Leidenschaft sprach, ein
guter Richter — der mit dem Wort histoire
naturelle (natürliche Geschichte — Natur=
Geschichte) seine Spielerei trieb und lächelnd
versezte, nicht eben so natürlich. Eben so
war er gegen Herrn von Büffons Systeme nicht
artiger; er drükte sich in folgenden Versen sehr
frei darüber aus:

Et les mers des Chinois sont encore
étonnées
D'avoir par leurs courans, fermé
les Pyrénés.

Andre wichtige Männer sagten ihm, er habe
mehr einen Roman, als eine Geschichte der
Natur

Natur geschrieben; sie fanden in seinen Werken
viele gewagte Thatsachen, für die blos die Ein=
bildungskraft des Schriftstellers Gewährsmänner
aufstellte. Gewis waren iene Kritiken zu
streng: der leztere Vorwurf aber, der im Munde
der Franzosen als eine Wirkung gelehrter Eifer=
sucht, wovon die Philosophen eben so wenig
frei sind, als andere Sterbliche, angesehn wer=
den konnte, bekam durch die Ausländer, die
ihn bei mehreren Gelegenheiten gar nicht da=
mit verschonten, ein grösseres Gewicht. Allein
der Schönheit seines Stils lies alle Welt Ge=
rechtigkeit wiederfahren, und hier konnte man
vorzüglich sagen, daß die Form der Materie
ihr Ansehn gab.

Alle, die Herrn von Büffon gekannt haben,
wissen, wie sehr er Feind von Ränken und
Kabalen war; eben so liebte er nichts weniger,
als Ränke = und Kabalenschmiede. Es geht
in diesem Stük in der literarischen Welt gerade
eben so, wie überall; und gewöhnlich ist es das
Auszeichnende des mittelmäßigen Kopfes, aus
allen Kräften Intriguen zu spielen, um sich einen
Namen zu machen. Das Genie verachtet diese
niedrigen Kunstgriffe; aber der Charakter der
Intriganten ists, gerade das Genie zu nekken,
und es ist gar nichts wunderbares, wenn die
Empfindlichkeit eines grossen Mannes zuweilen
drüber aufgebracht wird. Das war es vielleicht,
was Herrn von Büffon gegen gewisse kleine

Geister,

Geiſter, die ſich über ihn beklagten, daß er nicht mit ihnen habe in Verbindung treten wollen, erbitterte. Sie warfen ihm — wie ich glaube; ganz mit Unrecht — vor, er habe nach Ehren=titeln gehaſcht, die ein Gelehrter zwar nicht verachtet, doch leicht entbehren kann. Die Laune des Naturhiſtorikers ließ ſich deswegen in einem, nur zu bekannt gewordenen Brief, über deſſen zu ſchnellen Abdruk er auch ſelbſt unwillig werden mußte, heraus. Wir wiſſen von ſicherer Hand, daß die Abſicht des Ver=faſſers nicht war, ihn ins Publikum zu bringen, obgleich an und für ſich die Motive nichts weniger als nachtheilig für ihn waren. Da er nur bloſſe Satire auf die darin bezeichnete Perſonen ſeyn ſollte, ſo kann man allemal glauben, daß Herr von Büffon gar nicht durch Streitigkeiten, von denen er ein Feind war, ſeine lezten Tage noch habe trüben wollen. Die Senſation, die dieſer Brief im Publikum erregte, hatte noch das Verdrüßliche für den berühmten achtzigjährigen Greis, daß ſich ge=wiſſe Unverſchämte die Freiheit nahmen, ihn in einem Pamphlet, deſſen Gehäßiges aber immer auf ſeinen Verfaſſer zurükfällt, lächerlich machen zu wollen.

Dieſer berufene Brief gab zu einem ſchwe=ren grammatiſchen Krieg, in dem mehrere Wettungen gemacht wurden, Anlaß. Die Frage war, ob Herr von Büffon nicht dadurch einen

einen Sprachfehler gemacht, daß er das Wort
échapper (entwischen) in einer aktiven Be=
deutung gebraucht habe, wie man an der
folgenden Redensart seines Brief an die M.
von S⁂ sieht, wo er sagt: „*Vous n'avez
pas échappé* aucuns des traits qui les
caractérisent. Einer Person, die auf die
Richtigkeit seines Ausdruks gewettet, und ver=
loren hatte, antwortete er durch nachfolgenden
Brief, den ich ganz hierhersezze und für dessen
Aechtheit ich bürgen kann.

„M. de Büffon hat den Brief erhalten,
„womit ihn Herr * * beehrt hat. Er giebt
„zu, daß er niemals die Grammatik studiert
„habe; aber das glaubt er doch, daß ein
„Verbum neutrum zuweilen zum aktivum wer=
„den könne, besonders wenns dazu dienen könn=
„te, einen Gedanken gut auszudrükken. Doch
„das gehört nicht ins Fach der Grammatik; sie
„hat sich nie mit was anderm, als Wörtern
„beschäftigt, wie man an den zahllosen Schrif=
„ten sehen kann, die bei aller ihrer Korrektheit,
„mit der sie geschrieben sind, — nichts ent=
„halten.

„M. de Büffon dankt dem Herrn * * für
„alle Artigkeiten, die er ihm bei dieser Ge=
„legenheit sagen wollte, und bittet ihn, nicht
„mehr auf sein Wort zu wetten, weil es immer

ge=

„gefährlich ist, vor Richtern zu rechten, bei
„denen die Form alles und die Sache selbst
„sehr wenig gilt.‟

So viel sieht man aus diesem Brief, daß
der grosse, französische Akademist in einem
solchen Fall selbst von dem Außspruch seiner
Mitglieder appellirt hätte; das Gefühl seiner
Ueberlegenheit machte ihn sogar auf seine Fehler
eifersüchtig.

Man sagt, daß er für Lobeserhebungen
sehr empfindlich gewesen sey; eine Schwäche,
die Männern leicht zu verzeihen ist, die, ihr
ganzes Leben hindurch, um den Beifall der
Welt gerungen haben; die unaufhörliche An=
strengung, die uns den Ruf verschafte, findet
in den Lobsprüchen, wodurch er sich an den
Tag legt, ihre Belohnung. Niemand hatte
an der Vervollkommnung seiner Schreibart aus=
dauernder gearbeitet, als Herr von Büffon; er
sagte deswegen selbst, daß das Genie nichts
anders als eine grosse natürliche Anlage zur
Gedult sey. Demnach ächtete er seine Werke
nach dem Preis, den sie ihn gekostet hatten,
und die Stimme des Publikums gab ihm das
Recht sie hoch anzusezzen. Wenn aber Herr
von Büffon für Lobeserhebungen und Ehre em=
pfindlich war, wer hat dann auch ie eine so
schmeichelhafte Huld von Seiten grosser Häupter
genossen, als er? Sie wetteiferten mit ihren
Besuchen, wenn sie nach Frankreich kamen und
gaben

gaben ihm aus dem Norden und Süden von Europa die ausgezeichnetsten Beweise ihrer Achtung.

Berühmte Dichter sangen sein Lob, und nichts schmeichelte seinem Herzen angenehmer als dieses. Die Dichter, die ein vorzügliches Talent vor dem Haufen auszeichnet, sind vielleicht die Personen, um deren Oden das für Ehre und Lob empfindliche Verdienst am meisten buhlen sollte; ie weniger sie ihren Weihrauch verschwenden, ie süsser ist sein Duft. So sah' es auch Herr von Büffon nicht ungerne, daß Le Brün, Verfasser des Gedichts über die Natur seine eigne Unsterblichkeit mit der seinigen verband. Er hatte ihm schon Oden voll Begeisterung eingegeben, und hätte sehr das Vergnügen der Herausgabe des grossen Werks von Le Brün noch bei seinem Leben gewünscht, weil er darinn, vermöge des nemlichen Gegenstandes für ihn das hätte werden müssen, was Lukrez für den Epikur war.

Herr von Büffon verband mit einer edeln, ansehnlichen Bildung einen Charakter und eine Unterhaltung, die von vieler Einfachheit in seiner Lebensart zeugte; indes hielt er sehr viel auf das Aeußere. Er glaubte, daß die Idee, die man von einem Manne fasse, sehr von der Art abhienge, wie er gekleidet sey, und wie er sich äußerlich benähme. Daher der Geschmak, den er an prächtigen Kleidungen

fand;

fand; ein Geschmak, der sich gewissermaffen
durch den Rang, den er behauptete, und
durch den Glanz, zu dem er sich vermöge seines
Postens genöthigt hielt, rechtfertigen läßt.
Aber ein kleiner Unwille wandelt mich an,
wenn ein Mann, der sich seines vertrauten
Umgangs rühmt, uns im Journale von Paris
erzählt, daß er seine Haare alle Tage dem
Kräuseleisen unterwarf, und wegen dieses Theils
seines Puzzes sowohl in Paris, als in Montbard einen Perükkenmacher aus der Stadt
seinem Kammerdiener vorzog. Zur Ursache
dieses Vorzugs giebt man das Vergnügen, das
er an den Neuigkeiten fand, womit diese Leute
immer reichlich versehn sind und dann das für
ihn so unterhaltende Gespräch mit seinem
Barbier an, der ihn oft Stunden lang auf
dem Stuhle sizzen ließ. Das heißt doch wahr-
haftig das Andenken grosser Männer herab-
würdigen, wenn man solchen Kindereien in
ihrem Nekrologen Plaz giebt. Wenn Herr
von Büffon zu lange bei der Toilette zubrachte,
wenn er zu sorgfältig in seinem Anzug war,
so ist das etwas Kleines, das man in Ver-
gessenheit kommen laffen müßte. Selten ist
es, daß ein grosser Geist solchen Schwächen
unterworfen ist; die Sorgen des Puzzes küm-
mern ihn wenig; er kennt den Werth der Zeit
zu gut, und Affektation in diesem Punkt, selbst
wenn man sie bei einem grossen Manne trift,

ist

ist den Gelehrten keineswegs als Muster zu empfehlen.

Herr von Büffon hatte die Herren d'Aubenton und Gueneau von Montbelliard zu Mitarbeitern an seiner Naturgeschichte; man weis, welchen beträchtlichen Antheil D'Aubenton an diesem grossen Werke, worin das anatomische Fach ganz von ihm ist, gehabt hat. Büffon behielt sich nur die Einkleidung aus. Montbelliard und der Albé Beron, Kanonikus von Sainte = Chapelle haben an einigen Bänden mitgearbeitet, und ihre Aufsäzze waren so vortreflich gerathen, daß man sie für Büffons Arbeit selbst hielt; wenigstens würde es beweisen, daß seine Schreibart leicht nachzuahmen wäre. Allein wahre Kenner werden immer den Unterschied zwischen seiner und seiner Mitarbeiter Feder entdekken.

Dieser grosse Mann war seit langer Zeit mit dem Stein geplagt, und wahrscheinlich hätte er seine Tage noch weiter gebracht, wenn er zu überreden gewesen wäre, sich der schmerzhaften Operation des Schnitts zu unterziehen. Der Doktor Portal, einer der berühmtesten Aerzte in Paris, wendete stets die sorgfältigsten Bemühungen bei ihm an, so lange er mit diesem Uebel befallen war. Bei der Defnung seiner Leiche fand man sieben und funfzig Steinchen in seiner Harnblase. So endigte er im April 1788 in einem Alter von

bei=

beinah ein und achtzig Jahren sein Leben. Sein
Leichenbegängniß zeichnete sich durch eine Menge
von Gelehrten und der vornehmsten Standes=
personen aus. Zu London hätte man ihm die
nemliche Ehre erwiesen, die man den Königen
nach ihrem Tode erweißt; er würde im Pomp
nach der Westminster = Abtey, das Saint=Denys
der Britten, gebracht worden seyn.

Seine Religionsgrundsäzze waren nicht
zweideutig, ob man gleich zu Zeiten Angriffe
auf ihn that, die ihn mit andern eben so be=
rühmten, aber auch eben so, wegen einiger
nicht gar ehrenvoller Gesinnungen über Glau=
bensartikeln, verdächtige Namen in eine Klasse
sezten. Aber wenn Herr von Büffon die Welt
als Naturforscher betrachtete, so hatte er nie=
mals die Absicht die heiligen Grundpfeiler, auf
die sich die Hofnung und Ruhe der Menschen
stüzt, zu erschüttern. Sein Betragen auf
seinen Gütern zu Montbard, die öffentliche
Verehrung, die er der Religion in seinen lezten
Lebensstunden bezeugte, stellen ihn für allem
Tadel sicher; er starb als philosophischer Christ;
und der erhabene Gedanke einer Zukunft, welche
die beschränkten Wissenschaften dieses Erdenlebens
vervollkommnet, war der lezte Gegenstand,
auf dem seine sterbenden Blikke vereilten.

Ab=

Abriß von Büffons Theorie der Erde.

„Der unermeßliche Erdball zeigt uns auf seiner Oberfläche Höhen, Tiefen, Ebenen, Meere, Sümpfe, Flüsse, Höhlen, Abgründe, Vulkane; und in diesem allen entdekken wir bei dem ersten Anblik, keine Regelmäßigkeit und keine Ordnung. Dringen wir in sein Inneres ein, so finden wir Metalle, Mineralien, Steine, Erdpech, Sand, verschiedene Erden und Materien von allen Gattungen, gleichsam durch ein Ungefähr und ohne, irgend bemerkbare Regel unter einander geworfen. Forscht man mit genauerer Aufmerksamkeit nach, so sieht man gesunkene Berge, gespaltene und zerstükte Felsen, verschlungene Gegenden, neue Inseln, unter Wasser gesezte Landschaften, angefüllte Höhlen. Wir finden schwere Materien auf leichtere gehäuft, harte Körper von weichen Maßen umgeben, trokne, naße, warme, kalte, dichte, lokkere Körper alle durch einander gemischt und in einer Art von Unordnung, die uns nur ein Bild von einem Haufen Trümmer und einer Welt in ihren Ruinen giebt.

Un-

Unterdeſſen bewohnen wir dieſe Ruinen mit
der größten Sicherheit. Die Generationen
der Menſchen, der Thiere, der Pflanzen,
folgen ununterbrochen aufeinander, und die
Erde reicht ihnen ihren Unterhalt im Ueberfluß
dar. Das Meer hat ſeine Gränzen und ſeine
Geſezze, denen ſeine Bewegungen unterworfen
ſind. Die Luft hat ihre beſtimmten Ströme,
die Jahrszeiten haben ihre periodiſchen und
zuverläßigen Umläufe; nie hörte das Grüne
auf nach der Winterkälte hervorzukommen.
Alles ſcheint uns in ſeiner Ordnung zu ſeyn:
die Erde, die noch ſo eben ein Chaos war, iſt
ein luſtreicher Aufenthalt, wo Ruhe und Harmonie wohnen, wo alles lebt, wo alles mit
einer ſolchen Macht und Weisheit regiert wird,
daß wir voll Bewunderung darüber erſtaunen
und uns zum Schöpfer erheben.‘‘

Büffon giebt hierauf die Lehre, kein über-
eiltes Urtheil über die Natur unſerer Erde,
die wir nur noch wenig kennen, zu fällen.
Er will, man ſoll vorher erſt das betrachten,
was auf ihr vorgeht.

,,Wir müſſen es dabei bewenden laſſen,
wenn wir die Oberfläche der Erde, und die
kleine innere Dikke, in die wir eindringen können, unterſuchen und beſchreiben. Das erſte,
was unſere Aufmerkſamkeit auf ſich zieht, iſt
die ungeheure Menge Waſſer, die den größten
Theil des Erdballs überdekt. Dieſe Gewäßer
nehmen

nehmen überall die niedere Gegenden ein; sie
stehen immer in gleicher Höhe und streben stets
nach dem Gleichgewicht und nach Ruhe. Gleich=
wohl sehen wir sie durch eine gewisse starke Ge=
genmacht beständig beunruhigt; diese widersezt
sich der Stille dieses Elements, bewirkt eine
periodische, regelmäßige Bewegung in ihm,
hebt und senkt wechselsweise seine Wellen, und
macht in der gesammten Maße der Meere,
die sie bis aufs Innerste durchgreift, ein stetes
Hin = und Herschweben. Wir wissen, daß
diese Bewegung zu allen Zeiten war, und daß
sie so lange dauern wird, als Sonne und Mond,
die die Ursachen davon sind.

Betrachten wir nun den Grund des Meers,
so bemerken wir darinn eben so viele Ungleich=
heiten, als auf der Oberfläche der Erde. Wir
finden hier Höhen und Tiefen, Thäler, Ebe=
nen, Felsen und alle Arten von Erden. Wir
sehen, daß die Inseln nichts anders, als
Gipfel ungeheurer Gebirge sind, deren Fuß
und Wurzeln mit diesem nassen Elemente be=
dekt sind. Wir finden darinn andere Gipfel
von Gebirgen, deren Höhe beinah mit der Ober=
fläche des Wassers gleichlauft. Wir bemerken
reißende Ströme darinn, die sich der allgemei=
nen Fluth gleichsam entgegen zu stemmen
scheinen; bald sieht man sie standhaft einerlei
Richtung folgen; bald aber zurückgehn und doch
nie ihre Gränzen überschreiten, die eben so un=
                                                    wandel=

wandelbar zu seyn scheinen, als die Gränzen,
die die Gewalt der Erdströme hemmen. Hier
findet man stürmische Gegenden, wo rasende
Winde die Ungewitter herabstürzen, wo Meer
und Himmel im Aufruhr sich einander schütteln
und vermischen. Dort giebt es Bewegungen
im Innern, Wallungen, Strudel, Wirbel und
ausserordentliche Erschütterungen, von Vulkanen
erregt, deren unter dem Wasser verborgene
Mündungen das Feuer aus dem Busen der
Wellen speien, und einen dikken Dampf von
Wasser, Schwefel und Pech bis an die Wolken
iagen. Etwas weiter sehe ich iene Meerwirbel,
denen man sich nicht zu nahen wagt, und die die
Schiffe nur darum anzuziehen scheinen, damit
sie sie verschlingen können. Dann bemerke ich
iene ungeheure, immer stille, immer ruhige,
aber eben so gefährliche Flächen, worauf nie=
mals die Winde ihre Herrschaft gebrauchten,
wo die Kunst des Seefahrers scheitert, und
wo Feßeln und Tod ruhn. Wend' ich mich
endlich nach den äußersten Gränzen des Erd=
balls, so sehe ich ungeheure Eisklumpen, die
sich den Polarländern entreißen, gleich schwim=
menden Bergen daherziehen, und erst in den
gemäßigten Zonen zergehen.

Dies sind die Hauptgegenstände, die das
grenzenlose Reich des Ozeans unsern Augen
entgegenstellt. Millionen Bewohner von man=
nichfaltigen Gattungen bevölkern seinen Umfang.

Eini=

Einige mit leichten Schuppen bedekt, ziehen
schnell durch die verschiedene Regionen des
Meers; andere, mit diken Schaalen beschwert,
schleppen sich langsam dahin, und zeichnen durch
ihre Schwerfälligkeit ihre Straße in den Sand;
andere, denen die Natur Floßfedern, nach Art
der Flügeln, gab, erheben und erhalten sich
damit in der Luft; andere zulezt, denen alle
Bewegung versagt wurde, wachsen und leben
auf Felsen, an welchen sie kleben. Alles fin=
det in diesem Elemente seine Nahrung. Der
Grund des Meeres bringt Pflanzen, Moose,
und noch ganz besondere Gewächsarten im Ue=
berfluß hervor. Der Boden besteht aus Sand,
aus Kieß, oft aus Schlamm, zuweilen aus
fester Erde, aus Muschelwerk, aus Felsen.
Allenthalben hat er Aehnlichkeit mit unserem be=
wohnten Lande."

Der Verfasser stellt nun auf dem troknen
Theile der Erdkugel eine Reise an. Unter den
Mannigfaltigkeiten, die er hier bemerkt, ent=
dekt er das Besondere, daß sich die grossen
Gebirgketten näher bei dem Aequator, als an
den Polen befinden; daß die Gebirge Bezie=
hungen und nach einer gewissen Zusammen=
stimmung laufende Richtungen haben, so daß
die, mit der Spizze nach aussen, gekehrten
Winkel eines Gebirges immer den einwärts ge=
kehrten Winkeln eines benachbarten, das durch
ein Thal, oder eine Tiefe von ihm getrennt

D   ist,

ɩc, entgegenstehen. Er bemerkt, daß die ein=
ander gegen über liegenden, Hügel beinahe völlig
einerlei Höhe haben; daß die Richtung der
größten Flüsse senkrecht gegen die Seeküste,
wo sie ihre Mündungen haben, gehet; daß das
Ufer des Meers meistentheils mit harten Kör=
pern oder auch mit Erben und Sand, den es
bald selbst aufgehäuft, bald durch die Flüße
erhalten hat, eingefaßt ist; daß die benach=
barten Küsten, die durch einen Arm oder eine
kleine Meerenge davon abgesondert sind, aus
den nemlichen Materien bestehen, und auf die
nemliche Art über einander geschichtet sind;
daß sich die feuerspeienden Berge alle nur auf
hohen Gebirgen finden; daß einige ganz er=
loschen sind; daß andere unterirdische Verbin=
dungen mit einander haben, und daß ihre Aus=
würfe zuweilen zu gleicher Zeit erfolgen.

„Ich bemerke eine ähnliche Verbindung,
fährt er fort, unter gewissen Seen und den
benachbarten Meeren. Hier sehe ich Flüsse
und reissende Ströme, die sich plötzlich ver=
lieren, und in den Schooß der Erde zu stürzen
scheinen. Dort erblikke ich mitten in einem
Land ein Meer, worinn sich hundert Flüsse er=
giessen, die von allen Seiten eine ungeheure
Wassermaße hineinwälzen, ohne ie dieses Meer
zu vergrössern, das durch unterirdische Kanäle
alles, was es an den Ufern empfängt, wieder
abzuleiten scheint. Auf diesem Weg erkenne
ich

ich die von alten Zeiten her, bewohnten Länder
mit leichter Mühe; ich unterscheide sie von den
neuern Landschaften, wo das Erdreich noch
ganz unbearbeitet erscheint, wo die Flüsse häufi-
ge Wasserfälle haben, wo die Länder zum Theil
unter Wasser stehen, theils sumpfig oder zu
trocken sind; wo die Vertheilung der Gewässer
nicht regelmässig ist, oder rauhe Waldungen die Länder bedecken, die Früchte tragen
könnten."

Der Verfasser geht nun zu nähern Unter-
suchungen über die von uns bewohnte, Erde,
über. Er sieht, daß sie allenthalben von einerlei
Materie umgeben ist, und daß diese Materie,
welche zum Wachsthum und zur Nahrung des
Pflanzen = und Thierreichs gereicht, selbst nichts
anders ist, als ein Gemisch animalischer und
vegetabilischer Theile. Pflanzen und Thiere
wurden zerstört, oder vielmehr in kleine Theilchen verwandelt, in welchen die vormalige
Organisation nicht mehr zu finden ist. — Er
redet hierauf von den Schichten, die sich im
Innern der Erde befinden, und aus Marmor
und unzähligen Versteinerungen bestehen, welche sich über den ganzen Erdboden verbreiten.

Daraus macht er nun den Schluß, daß,
aller Wahrscheinlichkeit nach die Meergewässer
sich ehmals auf der Oberfläche der Erde auf-
gehalten haben. Denn wie will man anders
die Phänomene, die uns im Innern der Erde

so

so auffallend vorkommen, anders erklären?
Er sezt hinzu, daß die Noachische Ueberschwem=
mung nicht alles das habe bewirken können,
und daß schlechterdings mehrere Jahrhunderte
hindurch das Meer sich habe auf der Erdfläche
aufhalten müssen, um die grossen Felsenmaßen
und Schichten von Muschelwerk aufzuhäufen.
Ueberdies würde die Fluth alles in Unordnung
gebracht haben, statt daß die gedachten
Schichten eine gleichlaufende, regelmäßige
Lage haben.

Diese Schichten sind durch das Meer ent=
standen, welches alle Materien an seinen Kü=
sten, sie mögen so fest seyn, als sie wollen,
nach und nach durch öfteres Anschlagen weg=
spielt. Der von Wasser fortgeführte, den
Küsten entrißne, Grund sezt sich in parallelen
Lagen über einander an. Finden sich nun an
dem Ort, wo wir annehmen, daß dieser Haufe
entsteht, Muscheln, so werden sie von dem
Bodensaz nicht nur überdekt, sondern im eigent=
lichen Verstande den, auf die Art entstandenen
neuen Schichten einverleibt.

„Die Ebbe und Fluth, die Winde und alles
andere, was das Meer in Bewegung sezt,
muß vermittelst der Erschütterung der Ge=
wässer, Erhöhungen und Ungleichheiten auf
dem Grunde des Meeres hervorbringen. Diese
Erhöhungen werden nach und nach Hügel bil=
den, und die zwischen zweien solcher Hügel
laufen=

laufenden Meerſtröme werden die nemliche Rich=
tung nehmen, die die Flüſſe auf dem feſten
Lande haben. — Nach und nach werden die
weichen Materien, aus denen die Höhen an=
fangs beſtunden, durch ihr eignes drükkendes
Gewicht ſich verhärten. Einige, die aus blos
leimichten Theilen erwachſen ſind, werden
die Thonhügel, die man in ſo vielen Gegenden
findet, hervorgebracht haben; andere, die aus
ſandigen und kryſtallenen Theilen beſtunden,
haben die ungeheuren Felſen und Haufen von
Kieſelſteinen erzeugt, aus denen man Kryſtalle
und Edelſteine zieht; andere, deren Beſtand=
theile ein Gemiſch von Steinerden und Muſcheln
ſind, haben iene Stein=und Marmorlagen auf=
gehäuft, worinn wir noch heut zu Tage
Muſcheln finden; wieder andere, die aus
Materien zuſammengeſezt waren, welche noch
muſchelartiger und voller von Erdtheilen waren,
haben endlich den Mergel, die Kreide und
Erden hervorgebracht. Alle liegen in Schichten
über einander; alle enthalten ungleichartige
Theile in ſich. Trümmer von Seeprodukten
finden ſich im Ueberfluß darinn und manchmal
haben ſie eine Lage nach dem Verhältniß ihrer
Schwere. Die leichteſte Muſcheln ſind in
der Kreide, die ſchwerſten im Thon und in
Steinen, und zwar ſind ſie mit eben der Stein=
und Erdmaterie angefüllt, die ſie umgiebt.
Ein unumſtößlicher Beweis, daß ſie mit der

nemli=

nemlichen Materie, die sie umschließt und ausfüllt, hinweggeführt worden sind, und daß diese Materie in die feinsten Theilchen aufgelößt ward. Endlich befinden sich alle Materien, deren Lage durch horizontalen Stand des Wassers entstanden ist, noch iezt in ihrer ersten Stellung. — "

Hierauf beantwortet der Verfaſſer den Einwurf, daß ia die meisten Hügel, deren Gipfel aus Felſen besteht, eine Baſe von leichteren Materien haben. Er erklärt dies aus den ersten Wirkungen des Waſſers, daß, wenn es das Ufer angefreſſen hat, den Thon- oder den Sand, aus dem die erste Schichte des Ufers oder Meergrundes bestunde, zuerst fortführte, und dadurch eine Erhöhung festsezte, die ganz aus Sand und Thon zusammengesezt ist. Hierauf hat das Waſſer die festeren Materien, die sich unter dieſen ersten Sand- und Thonſchichten befanden, in feinen Staub aufgelößt, und aus dieſem Steinstaub den Felſen und Steinadern, die über dieſen Hügeln sind, ihren Ursprung gegeben. —

„In den Schichten, die durch die Flüſſe entstanden sind, findet man Flußmuſcheln, aber sehr wenige Seemuſcheln, und die wenigen, die man findet, sind zerbrochen, und liegen einzeln und unordentlich, anstatt, daß in den alten Schichten sich die Seemuſcheln in groſſer Menge befinden, und im Gegentheil keine

keine Flußmuscheln sind. Diese Seemuscheln liegen überdies unversehrt und alle nach einerlei Art, woraus sichtbar ist, daß sie zu einerlei Zeit, aus einerlei Ursache zusammengeführt und hingehäuft worden sind. — "

„Die allgemeine Bewegung der Ebbe und Fluth hat also die größten Gebirge hervorgebracht, welche sich von Morgen gegen Abend in der alten und von Norden nach Süden hin, in der neuen Welt, auf eine ungeheure Weite, erstrekken. Den Ursprung der übrigen Gebirge muß man aber dem besondern Lauf der Meerströme, den Winden und andern unregelmäßigen Erschütterungen des Meers zuschreiben. — "

„Wie kommt es aber, daß dieser Erdboden, den wir bewohnen, den unsere Väter bewohnt haben, der von undenklichen Zeiten her, ein troknes, festes und vom Meer entferntes Land war, iezt über alles Wasser erhoben und so genau vom Meer abgetheilt ist, da er ehedem Meeresgrund gewesen seyn soll? Warum behielt das Meerwasser seinen Aufenthalt nicht auf dem Lande, wo es so lange gestanden hat? Welcher Zufall, welche Ursache hat diese Veränderung auf unserm Erdkörper bewirken können? Ist es endlich möglich, sich eine Ursache zu denken, die im Stande war, eine solche Revolution hervorbringen zu können? — "

Der

Der Verfasser giebt nach folgenden Schlüßen sehr überzeugende Gründe dieser Veränderungen auf unserm Erdball an.

„Wir sehen, sagt er, daß das Meer alle Tage an gewissen Küsten Land gewinnt, an andern verliert. Wir wissen, daß das Welt=meer sich allgemein und unaufhörlich von Osten nach Westen bewegt. Wir hören, welche ge=waltige Angriffe das Meer auf die niedern Länder und die anstoßenden Felsen macht. Wir kennen ganze Provinzen, wo man dem Meer Dämme entgegen sezzen muß, die kaum die menschliche Industrie gegen die Wuth der Wogen zu erhalten im Stande ist. Wir haben Beispiele von neuerlich unter Wasser versunkenen Ländern und von Ueberschwemmun=gen. Die Geschichte erzählt uns noch von größern, ja sogar allgemeinen Ergießungen. Sollte uns dieß alles nicht glaubwürdig ma=chen, daß ehemals auf der Oberfläche der Erde grosse Revolutionen vorgegangen sind, und daß das Meer, den größten Theil der Länder, den es ehemals einnahm, verlassen und frei lassen konnte? — "

„Es giebt aber auch noch viele andere Ur=sachen, die, nächst der beständigen Bewegung von Osten nach Westen das Ihrige zu dieser Wirkung beitragen.

„Wie viele Länder giebt es nicht, die niedri=ger sind, als die Oberfläche des Meers, und wel=
chen

chen blos eine Landenge, oder eine Felsenbank
oder gar noch viel schwächere Dämme zur
Schuzwehre dienen? Die Gewalt der Wasser
wird nach und nach diese Schranken zerstören
und diese Länder werden folglich versinken.
Weiß man ferner nicht, daß sich die Berge
durch die Regengüsse, welche die Erde losreißen
und mit sich in die Thäler verführen, beständig
verringern? Weiß man nicht, daß die Bäche
das Erdreich aus den Ebenen und von den
Bergen in die Flüsse mit sich fortwälzen, die
alsdann wiederum daßelbe in das Meer ab=
leiten? So wird nach und nach der Grund des
Meeres ausgefüllt, das feste Land wird niedri=
ger und der Wasserhöhe gleich, und es gehört
nichts als Zeit dazu, daß das Meer die Stelle
des festen Landes behauptet. —"

„Der größte Einbruch, den das Meer in
das feste Land that, ist der, durch den das
Mittelländische Meer entstand. Zwischen zwei
Vorgebirgen bricht das Weltmeer mit großem
Ungestümm durch einen engen Eingang durch
und bildet in der Folge eine ungeheure See,
die, ohne das schwarze Meer dazu zu rechnen,
einen siebenmal größern Umfang als Frank=
reich, dekt. Dieser Lauf des Ozeans durch die
Meerenge von Gibraltar ist ieder anderen Be=
wegung des Weltmeers, wo nur Meer mit
Meer sich verbindet, gerade entgegen; denn die
allgemeine Bewegung des Ozeans ist von

                                                    Mer=

Morgen nach Abend, und diese allein nur richtet sich von Abend nach Morgen. Ein Beweiß, daß das Mittelländische Meer kein anfänglicher Meerbusen, sondern durch einen Einbruch des Wassers entstanden ist. Dieser Einbruch des Wassers kann durch zufällige Ursachen, zum Beyspiel durch ein Erdbeben, durch welches sich vielleicht das Land bei der iezzigen Meerenge senkte, oder durch eine gewaltige Erschütterung des Ozeans, von Winden verursacht, die den Damm zwischen dem Vorgebirg von Gibraltar und Zeuta zerrißen, bewirkt worden seyn. Diese Meinung hat noch überdies das Zeugnis der Alten für sich, die uns erzählen, daß das Mittelländische Meer vormals nicht existirt habe. Und, eben so wird sie noch durch die Beobachtungen bestätigt, die man über die Beschaffenheit des Erdbodens an der Afrikanischen und Spanischen Küste angestellt hat. Man fand auf beiden Seiten der Meerenge die nemlichen Steinadern und die nemlichen Erdschichten; beinahe gerade so, wie in gewissen Thälern, wo die zwei rechts und links liegenden Hügeln aus einerlei Materie bestehn, und in gleicher Höhe stehen."

„Sobald nun das Weltmeer sich einen Eingang erdfnet hatte, so floß es mit Ungestümm durch diese Meerenge hin und überschwemmte

das

---

*.Diodor von Sizilien und Strabo.

das feste Land, das Europa mit Afrika ver=
band. Alle niedere Länder wurden von dem
Meere bedekt, und wir sehen iezt nichts mehr
als die Höhen und Berge dieses Landes: Ita=
lien, die Sizilischen Inseln, Maltha, Korsika,
Sardinien, Zypern, Rhodus und den Archi=
pel. — "

„Man weiß, daß mit der Zeit die grossen
Flüsse die Meere ausfüllen, und neue Länder
bilden, wie zum Beyspiel, die Landschaft an
der Mündung des gelben Flusses in China,
Luisiana an der Mündung des Mississippi und
der nördliche Theil von Egypten, der seinen
Ursprung den Ueberschwemmungen des Nils
zu danken hat. Dieser reissende Strom wälzt
aus dem innersten Afrika das Erdreich hervor,
und sezt es hernach bei seinen Ergiessungen
in einer solchen Menge nieder, daß man bis
auf funfzig Fuß tief in den ausgeworfenen
Schlamm dringen kann. Eben so ist auch das
erwehnte Stük Landes am Hoang oder gelben
Fluß in China und Luisiana aus Flußschlamm
entstanden. — "

„Zu Venedig erhebt sich der Grund des
Meeres immer höher, und die Stadt mit ihren
Lagunen würde schon längst auf dem festen
Lande stehn, wenn man nicht die größte Sorg=
falt anwendete, die Kanäle immer zu reinigen.
Das nemliche geschieht mit den meisten Häfen,
Rheden und Mündungen der Flüsse. In
Hol=

Holland erhebet sich ebenfalls der Grund des
Meers an mehrern Orten, und der kleine
Meerbusen, die Südersee, so wie der Terel
können iezt keine so grosse Schiffe mehr tragen
wie ehemals. Man findet fast an allen Aus=
flüssen der Ströme Inseln, Sandbänke, und
Erdhaufen, die das Wasser hingeworfen hat;
es ist keinem Zweifel unterworfen, daß das
Meer an allen den Orten, wo es grosse Flüsse
aufnimmt, angefüllt wird. Der Rhein ver=
liert sich in dem Sand, den er selbst aufge=
häuft hat. Die Donau, der Nil und alle
grosse Flüsse fallen, weil sie vieles Erdreich
herbeigeführt haben, nicht mehr in einem Kanal
ins Meer, sondern haben mehrere Ausflüsse,
deren Zwischenräume alle mit ihrem eigenen
Sand und Schlamm ausgefüllt sind. Täglich
werden Moräste ausgetroknet; man pflügt
Länder, die das Meer verlassen, und beschift
Provinzen, die das Meer überschwemmt hat.
Kurz, wir sehen so viele Verwandlungen des
Landes in Meer und des Meeres in festes
Land mit unsern eignen Augen, daß wir fest
überzeugt seyn können, so wie diese Verände=
rungen iezt vorgehn, sind sie ehmals vorge=
gangen und werden in Zukunft vorgehn. Mit
der Zeit werden sich die Meerbusen in festes
Land, die Landengen in Meerengen, die Sümpfe
in trofne Erdstriche und die Gipfel unserer Berge
in Seeklippen verwandeln. —"

„Die

„Die grossen Einstürze, kommen sie gleich
aus zufälligen und mittelbaren Zufällen her,
gehören dennoch unter die vorzüglichsten und
wichtigsten Begebenheiten der Erdgeschichte;
sie haben zu der veränderten Gestalt der Erd=
kugel nicht wenig beigetragen. Die meisten
sind durch unterirdische Feuer verursacht worden,
deren Ausbruch die Erdbeben und Vulkane
schaft. Nichts in der Natur ist mit der Ge=
walt dieser entflammten und in dem Busen der
Erde verschloßenen Feuermaterien zu verglei=
chen. Man hat sie ganze Städte verschlin=
gen, Provinzen in Schutthaufen verwandeln
und Berge umstürzen sehen. Man muß nicht
glauben, daß diese Flammen, wie einige Schrift=
steller meinen, aus einem Centralfeuer, oder
aus einer grossen Tiefe heraufkämen, wie die ge=
wöhnliche Sprache ist, weil unumgänglich Luft
zu ihrer Entzündung oder wenigstens zu ihrer
Unterhaltung nöthig ist. Man kann sich davon
überzeugen, wenn man nur die Produkte, die
aus diesen Vulkanen bei ihren heftigsten Ent=
zündungen, ausgeworfen werden, untersucht.
Der Heerd, auf dem sich die Materien ent=
zünden, kann nicht tief unter der Erde seyn,
weil sie den andern Materien auf der Höhe
des Berges völlig gleichen, nur daß sie kalzinirt
und mit geschmolzenen Metallen vermischt sind.
Man sieht oft, daß ganze Bäche von Bergharz
und geschmolzenem Schwefel vom Gipfel des
Vul=

Vulkans in die Ebenen herabfliessen. Diese kommen aus dem Innern des Bergs und werden mit den Steinen und Mineralien herausgeworfen. Kann man sich aber wohl natürlicher Weise vorstellen, daß so weiche Materien, auf deren Maße eine so heftige Gewalt keine Macht hat, aus einer solchen Tiefe herausgeschleudert werden könnten? Alle Beobachtungen, die man nur über diesen Punkt anstellen kann, werden beweisen, daß das Feuer der Vulkane nicht weit von dem Gipfel des Gebirgs entfernt ist, und daß es nicht einmal bis an den Fuß des Bergs zur Gleichheit mit den Ebenen herabsinkt. —"

„Daß die Vulkane allezeit auf Bergen sind, davon ist die Ursache die: Die Mineralien, der Markasit und der Schwefel finden sich auf den Gebirgen in weit grösserer Menge und nicht so bedekt, als in den Ebenen; die Höhen sind weit zahlreicher und leichter dem Regen und den andern Eindrükken der Luft ausgesezt; die mineralischen Materien, auf die die Luftveränderungen wirken, gerathen in Gährung und erhizzen sich so lang, bis sie endlich in Flammen ausbrechen müssen."

„Endlich hat man auch öfters bemerkt, daß nach heftigen Ausbrüchen, in welchen der Vulkan eine beträchtliche Menge Materien auswarf, sich der Berg fast um eben so viel gesenkt hat, und kleiner geworden ist, als die

aus

ausgeworfene Materien ohngefähr erforderten.
Ein neuer Beweis, daß die vulkanischen Pro=
dukte nicht aus der innersten Tiefe des Berg=
flusses, sondern aus der obern Gegend des
Berges und selbst aus seinem Gipfel heraus=
gekommen sind."

„Die Erdbeben haben also an vielen Orten
beträchtliche Versenkungen und Einstürze be=
wirkt, und eben so manche Abschnitte ver=
ursacht, die man in den grossen Gebirgketten
antrift. Die übrigen aber sind alle mit den
Bergen zu gleicher Zeit durch den Lauf der
Seeströme entstanden. Ueberall, wo keine
solche Verwüstungen durch Einsturz geschehen
sind, findet man horizontale Erdschichten und
Winkel in den Gebirgen, die auf einander
passen. —"

„Man sieht aus allem, was wir bisher
gesagt haben, wie viel die unterirdischen Feuer
zur Veränderung der äussern und innern Ge=
stalt unsers Erdkörpers beigetragen haben;
eine Macht, die die grösten Wirkungen hervor=
bringen konnte. Allein man kann sich kaum
vorstellen, was für Veränderungen die Winde
auf unserer Kugel hervorbringen können. Das
Weltmeer scheint ihr Reich zu seyn. Nächst
der Ebbe und Fluth wirkt nichts gewaltsamer
auf dies Element, als der Wind. Aber auch
selbst Ebbe und Fluth haben ihren gleichförmi=
gen Lauf, und ihre Wirkungen operiren gleich=
artig;

attig; allein die Winde handeln so zu sagen,
blos nach der Laune. Sie stürzen sich tobend
herab und erschüttern das Meer mit einer sol=
chen Wuth, daß sich seine stille und ruhige
Ebene in einem Augenblik zu Wogen thürmt,
die, Gebirgen gleich, sich bald an die Felsen
werfen, bald an den Klippen brechen. Die
Winde verändern ieden Augenblik die bewegliche
Fläche des Meers.

Sollte aber die Oberfläche der Erde, die
uns so viel Festigkeit zu haben scheint, nicht
vor dieser Macht sicher seyn? Gleichwohl weiß
man, daß die Winde in Arabien und Afrika
Sandberge aufthürmen, daß sie weite Ebenen
damit bedekken, und daß sie diesen Sand öfters
mehrere Meilen weit in andere Gegenden und
ins Meer werfen, wo sie ihn zuweilen zu einer
Höhe aufhäufen, daß Sandbänke, Dünen und
Inseln daraus entstehn. Es ist bekannt, daß
die Orkane die Geissel der Antillen, der Insel
Madagaskar und vieler anderer Länder sind,
wo sie so fürchterlich wüthen, daß sie bisweilen
Bäume, Pflanzen, und Thiere nebst ganzen be=
pflügten Feldern mit sich reissen, daß sie Flüsse
aus ihren Beeten drängen und austroknen; daß
sie neue Ströme gründen; Abgründe und Klüfte
wühlen und den unglüklichen Gegenden, wo sie
stürmen, ein ganz verändertes Ansehn geben.
Glüklicherweise sind nur wenige Klimate der
Erde

Erde einer solchen rasenden Wuth der Stürme
auögeſezt. —"

„Was aber die größten und allgemeinſten
Revolutionen auf der Erdfläche hervorbringt,
ſind die Regengüße, die Flüße, und die reiſſen=
den Ströme. Sie entſpringen zuerſt auö den
Dünſten, die die Sonne über die Meeresfläche
in die Höhe zieht, und die die Winde dann
in alle Gegenden der Erde, verführen. Dieſe
Dünſte, die die Luft in ſich enthält, und vem
Winde herumgetrieben werden, hängen ſich an
die Gipfel der Berge an, die ihnen aufſtoſſen
und häufen ſich in einer ſolchen Menge zu=
ſammen, daß ſie beſtändig Wolken bilden und
unaufhörlich bald in Geſtalt des Regenß,
bald als Thau, bald als Nebel, bald als
Schnee herunterſinken. Alles dieſeß Gewäſſer
fließt ſodann auf die Ebenen hernieder, doch
ohne einen gewiſſen Gang einzuhalten; darauf
wühlet eö ſich ein Bett auö, indem eß vermöge
ſeineö natürlichen Abſchuſſeß immer die niedrig=
ſten Gegenden des Berges, und den lokferſten
Erdboden, den eö am leichteſten durchdringen
kann, auöſucht. Eö ſchleppet Erde und Sand
mit ſich fort; gräbt hohle Wege durch ſeinen
reiſſenden Strom; und öfnet ſich eine Bahn
biß zum Meer, welcheß an ſeinen Ufern eben
ſo viel Waſſer aufnimmt, alß eö durch die
Auödünſtung verliert. Und eben ſo, wie die
Kanäle und hohlen Wege, die die Flüſſe ge=

E   graben

graben haben, gewiſſe Krümmungen und Buch-
ten haben, deren Winkel gegeneinander ein
gewiſſes Verhältnis haben; eben ſo haben
auch die Gebirge und Hügel, die man gleichſam
als die Ufer der zwiſchen ihnen liegenden,
Thäler anſehen kann, ihre verhältnißmäßige
Krümmungen. Dies ſcheint auf die Folgerung
zu bringen, daß die Thäler ehemals Flußbetten
im Meer geweſen, welche nach und nach, und
zwar eben ſo, wie die Flüſſe ihre Kanäle auf
dem Land graben, ausgehöhlt worden ſind.‟

„Das Waſſer, welches auf der Erdfläche
fließt, und den Boden grünend und fruchtbar
macht, iſt vielleicht nur der geringſte Theil
von demjenigen, das aus den Dünſten herab-
kommt, denn man findet ſehr tief unter der
Erde fließende Waſſeradern und geläuterte
Feuchtigkeiten. An einigen Orten kann man
graben, wo man will und wird ſicher ſeyn
können, Waſſer zu Brunnen zu finden, hingegen an andern gräbt man umſonſt. Faſt in
allen Thälern und in niedrigen Gegenden fehlt
es in einer geringen Tiefe nicht leicht an Waſſer,
da man hingegen auf allen Höhen und in allen
Gebirgebenen kein Waſſer aus der Erde bekommen kann und das Regenwaſſer ſammeln
muß. Es giebt Länder von ſehr groſſem Umfang, wo man niemals Brunnen graben konnte,
und wo alles Waſſer zum Gebrauch für Menſchen

schen und Vieh in Pfüzzen und Zisternen steht. In dem Orient, und insbesondere in Arabien, in Egypten, Persien u. a. m. sind die Brunnen und die süssen Wasserquellen ausserordentlich selten, und diese Nazionen sind genöthigt, grosse Wasserbehältnisse anzulegen, um den Regen und Schnee aufzusammeln. Diese Anlagen, die das allgemeine Wohl des Landes heischte, sind vielleicht die schönsten und prächtigsten Denkmäler der Morgenländer. Es giebt Wasserbehältnisse, die beinah zwei französische Meilen in ihrem ganzen Umfang einnehmen, und ganze Provinzen zu wässern und zu erfrischen hinreichend sind. Dies geschieht durch Abzapfen, und durch den Ausfluß kleiner Bäche, die man von allen Seiten ableitet. In andern Ländern, wie in Ebenen, wo die größeren Flüsse fließen, darf man im Gegentheil nur ein wenig graben, um Wasser zu finden, und in einem Lager, das die Ufer eines Stroms begränzt, hat oft iedes Zelt seinen Brunnen, den man durch wenige Stösse der Grabscheite haben kann."

„Dieser Wasservorrath, den man allenthalben in niedrigen Gegenden findet, kommt größtentheils aus höheren Ländern und benachbarten Hügeln. Denn zur Regenzeit, und wann der Schnee schmilzt, fließt ein Theil des Wassers über die Erdfläche hin und das übrige dringt durch kleine Erd= und Felsenrizze durch. Hier quillt es nun an vielen Orten,

wo

wo es einen Ausgang findet, hervor, oder es
seiht sich durch den Sand, und bildet, wenn
es einen thonichten Boden, oder auch festes,
dichtes Erdreich findet, Seen, Bäche und
vielleicht auch unterirdische Flüsse, deren Lauf
und Ausfluß uns zwar unbekannt ist, deren
Bewegung aber nach den Gesezzen der Natur,
aus höheren Gegenden in niedrigere geschehen
muß. Es muß folglich dies unterirdische Ge=
wässer zulezt entweder in das Meer fliessen,
oder in einer Tiefe der Erde zusammenlaufen,
es sey nun auf der Erdfläche selbst, oder im
Innern der Erdkugel, denn wir kennen gewisse
stehende Seen auf der Erde, in welche kein
Bach einfliesset und aus denen auch keiner her=
vorkommt. Eben so giebt es hingegen wieder
eine Menge Seen, in welche zwar kein grosser
Fluß fällt, aus denen aber doch die größten
Ströme der Erde ihren Ursprung haben. —

Uebrigens darf man nicht glauben, wie
einige vorgegeben haben, daß man auf den
Gipfeln der höchsten Gebirge stehende Seen
findet, denn die, welche man auf den Alpen
und auf andern hohen Oertern antrift, sind
allezeit tiefer, als die umliegende Erde und
liegen am Fuß anderer Gebirge, die vielleicht
noch höher, als die erstern, sind. Sie ent=
springen aus dem Wasser, das äusserlich fließt,
oder auch innerlich in die Berge verseigt, eben
so, wie das Wasser in Thälern und Ebenen,

wel=

welches seinen Ursprung aus den benachbarten Hügeln und aus solchen Gegenden hat, die weiter entfernt und höher, als iene liegen. —

Viele haben behaupten wollen, daß das Wasser unter der Erde weit stärker sey, als das über der Erde, und ohne diejenigen anzuführen, die annehmen, daß das Innerste der Erdkugel nothwendig mit Wasser angefüllt seyn müße, giebt es noch andere, die die Vermuthung behaupten, es müßten unzählige Ströme, Flüsse und stehende Seen im Innern der Erde seyn. Es scheint mir aber diese Meinung, ob sie gleich sehr gemein ist, doch auf sehr seichten Gründen zu beruhen, denn, wenn es eine so grosse Menge unterirdischer Ströme gäbe, warum sähe man nicht auf unserer Erdfläche die Eingänge von einigen solcher Flüsse, und folglich eben so starken Quellen, als die Flüsse selbst? Ueberdies machen die Flüsse und alle laufende Wasser sehr grosse Veränderung auf der Erde; sie schleppen die Erde mit sich fort, sie höhlen die Felsen aus, und entsezzen alles seiner Lage, was ihnen in dem Weg steht. Dies würde nothwendig auch bei unterirdischen Strömen der Fall seyn müssen, sie würden im Innern des Erdballs grosse Veränderungen bewirken müssen. Allein von diesem allem ist keine Spur und nur an sehr wenigen Orten hat man einige Wasseradern entdekt, die von einiger Erheblichkeit waren.

Und

Und die Schlußfolge aus dem allem?

Das Wasser des unermeßlichen Weltmeers hat durch die beständige Bewegung der Ebbe und Fluth die Berge, die Thäler und die übrigen Ungleichheiten der Erdkugel hervorgebracht. Die Ströme des Meers haben die Thäler ausgehöhlt, die Hügel aufgeworfen und ihnen eine übereinstimmige Richtung gegen einander gegeben. Dasselbe Meerwasser hat das Erdreich, das es wegführte, in horizontalen Schichten über einander aufgehäuft. Das Regenwasser, das nach und nach wieder das Werk des Meers zerstört, vermindert die Höhe der Berge unaufhörlich, füllet die Thäler, die Mündungen der Flüsse und die Meerengen aus, bringt endlich alles wieder in Gleichheit, wird einst das feste Land in Meer verwandeln, und dann wieder andere neue Länder hervorbringen, die von Bergen und Thälern durchschnitten sind und ganz der iezzigen, bewohnten Erde gleichen.

Dan

Darstellung der Epochen der Natur nach des Herrn Grafen von Büffons Theorie.

So wie man in der Weltgeschichte die Ur=
kunden zu Rathe zieht, die Münzen
hervorsucht, die alten Inschriften entziffert,
um die Epochen der menschlichen Revolutionen
festzusezzen und das Datum moralischer Be=
gebenheiten zu bestimmen, so muß man in
der Geschichte der Natur die Weltarchive durch=
wühlen, aus dem Innersten der Erde die alten
Denkmäler hervorziehen, ihre Trümmer zu=
sammen tragen, und alle Anzeigen physischer
Veränderungen, die uns in verschiedene Zeit=
alter der Natur zurük versezzen können, zu
Beweisthümern aufstellen. Das einzige Mit=
tel, in dem unermeßlichen Raum gewisse
Punkte festzusezzen, und den grenzenlosen Um=
fang der Zeit mit einer Anzahl Marksteine
zu bezeichnen. Vergangenheit ist gerade, was
Entfernung des Orts ist; unser Gesicht nimmt
in ihr ab, und unser Auge würde sich ganz
in ihr verlieren, wenn die Geschichte und
Chronologie nicht Leuchtthürme errichtet, und
in den dunkelsten Gegenden Fakkeln angebracht
hätten. Aber ungeachtet dieser Erleuchtung

E 4 durch

durch geschriebene Traditionen, welche Un=
sicherheit in Thatsachen, wenn man nur einige
Jahrhunderte rükwärts geht! welche Verir=
rungen über die Ursachen der Ereignisse! und
welches undurchdringliche Dunkel deft die
Zeiten, die diesen Traditionen vorangiengen!

Die Weltgeschichte, auf einer Seite durch
die Finsternisse noch wenig von uns entfernter,
Jahrhunderte begränzt, verbreitet sich nur auf
der andern Seite über diejenigen geringen Theile
der Erde, die nach und nach von Völkern bewohnt
wurden, die sich um die Nachwelt bekümmer=
ten. Hingegen die Geschichte der Natur um=
faßt alle Perioden, alle Zeiten ohne Unterschied
und kennt keine Grenzen, als die Grenzen
der Welt.

Da die Natur gleichzeitig ist mit der Ma=
terie, dem Raum und der Zeit, so ist ihre
Geschichte die Geschichte aller Dinge, aller Ge=
genden, aller Zeitalter. Und scheint es gleich
beim ersten Anblik, daß sich die großen Werke
der Natur nicht verändern und umwandeln,
so wird man doch bei näherem Anschaun inne,
daß ihr Gang nicht schlechterdings einförmig
ist; daß sie merkliche Mannigfaltigkeiten ge=
stattet, daß sie stuffenweiße Veränderungen
vornimmt, daß sie sich sogar zu neuen Zu=
sammensezzungen und Bildungen, der Materie
und Form nach, hingiebt; kurz, daß sie, so
fest

feſt und abgemeßen ihre Schritte im Ganzen
ſind, dennoch reich an Abwechslungen und
mannigfaltig in iedem ihrer einzelnen Theile
erſcheint.

Die Natur hat ſchon mancherlei Umwand=
lungen durchlaufen; die Oberfläche unſers Erd=
körpers hat ſchon verſchiedenerlei Geſtalten an=
genommen; der Himmel ſelbſt hat ſich verän=
dert und alle Theile des phyſiſchen Univerſums
ſind, wie alles in der moraliſchen Welt, in
einem beſtändigen Kreislauf fortſchreitender
Abwechslungen.

Man muß die Natur in den neu entdekten
Gegenden und in den zu allen Zeiten bewohnten
Ländern aufſuchen, und anſchauen, um ſich
einen Begrif von ihrem ältern Zuſtand zu ma=
chen; und dieſer ältere Zuſtand iſt noch ſehr
modern, wenn wir ihn mit dem in Verglei=
chung ſezzen, wo unſer feſtes Land noch mit
Waſſer überdekt war, wo noch die Fiſche
unſere Ebenen bewohnten, wo unſere Gebirge
noch als Klippen aus dem Meer hervorragten.
Welchem Wechſel, welchen Verwandlungen
mußte die Natur ſeit ienen Zeiten des Alter=
thums — und doch noch nicht die erſten Zeiten
der Welt — bis auf das Jahrhundert der
Geſchichte unterliegen! Wie vieles liegt ſchon
begraben! Wie viele Begebenheiten wurden
gänzlich vergeßen! Von wie vielen Revolutio=
nen weiß ſelbſt die älteſte Urkunde der Menſch=

heit

heit nicht mehr! Blos um mit dem iezzigen
Zuſtand der Dinge bekannt zu werden, mußte
man eine unendliche Reihe von Beobachtungen
anſtellen, mußte der menſchliche Geiſt erſt drei
Jahrtauſende durch ſich bilden. Und doch iſt
die Erde noch nicht völlig entdekt. Nur erſt
in den neuern Zeiten hat man ihre Geſtalt be-
ſtimmen können; erſt in unſern Tagen hat
man ſich zur Theorie ihrer innern Beſchaffenheit erhoben, und die Ordnung und Lage der
Materien gezeigt, aus welchen ſie zuſammen
geſezt iſt. Und nun, ſeit dieſem Zeitpunkt
konnte man erſt anfangen, die Natur mit ſich
ſelbſt zu vergleichen, und von ihrem iezzigen be-
kannten Zuſtand auf einige Epochen ihres
ältern Zuſtandes zurükſchließen.

Da es hier unſer Zwek erfordert, das
Dunkel der Zeiten zu durchdringen; durch das
Anſhaun des iezzigen wirklichen Zuſtandes der
Erde die ältere Beſchaffenheit derſelben kennen
zu lernen, ſo müßen wir daher unſere ver-
einten Kräfte aufbieten, um uns zu einem
ſolchen Geſichtspunkt zu erheben, und dazu
werden wir uns dreier wichtigen Hilfsmittel
bedienen: 1) der Thatſachen, die uns dem
Urſprung der Erde näher bringen; 2) der
Denkmäler, die man als Zeugen der älteſten
Weltalter betrachten kann, und 3) der Ueber-
lieferungen, die uns einige Ideen der darauf
folgenden Zeitalter machen können. Die Re-
ſultate

sultate aus dem allen werden wir hierauf durch
analogische Schlüße mit einander zu verbinden
suchen, und daraus eine Kette knüpfen, die
von der äußersten Spizze der Zeitalter bis zu
uns herabsteigen wird.

Erste Thatsache.

Die Erde ist nach dem Verhältniß, das
die Gesezze der Schwere und der Centrifugal-
kraft erfordern, an dem Aequator erhaben und
an den beiden Polen eingedrükt.

Zweite Thatsache.

Die Erdkugel hat eine innere, ihr eigenthümliche Wärme, welche von iener, die ihr
die Sonnenstrahlen mittheilen können, ganz
unabhängig ist.

Dritte Thatsache.

Die Wärme, die die Sonne dem Erdkreis
sendet, würde allein nicht hinreichend seyn, die
Geschöpfe zu erhalten.

Vierte Thatsache.

Die Materie, aus welcher die Erdkugel
besteht, ist im Ganzen genommen, von glas-
artis

artiger Natur, und kann wieder in Glas ver=
wandelt werden.

Fünfte Thatsache.

Man findet auf ieder Erdfläche, selbst in
Gebirgen, in einer Tiefe von funfzehn hundert,
bis zweitausend Toisen Muschellagen und
Schichten von Seeprodukten in zahlloser
Menge.

Daß erste Faktum, daß die Erde über
dem Aequator erhaben und abgestumpft an den
Polen sey, ist mathematisch erwiesen und
physisch durch die Theorie der Schwere und die
Erfahrungen über den Pendul bestätigt. Die
Erdkugel hat gerade die Gestalt, die eine
flüßige Kugel haben muß, wenn sie sich mit
der Geschwindigkeit des Erdballs um sich selbst
herum drehen wollte. Die erste Folgerung,
die also aus dieser unwidersprechlichen That=
sache fließt, ist die: die Materie, aus der
unsere Erde zusammengesezt ist, war in dem
Moment, da sie ihre Bildung bekam, eine
flüßige Maße. Und ihre Bildung oder iezzige
Form bekam sie, als sie sich zum erstenmal
um sich selbst bewegte.

Die Natur hatte damals, wie es scheint,
zwei Mittel, um die Erde in einen flüßigen
Zustand zu versezzen. Das erstere: die Auf=
lösung, oder eigentlich die Einweichung der
Erd=

Erdmaterie in Wasser und das andere: das Schmelzen der Erde durch das Feuer. Nun weiß man aber, daß die meisten festen Körper, die die Erde ausmachen, im Wasser nicht auflößbar sind; und dann sieht man wohl ein, daß die Wassermaße in Vergleichung mit den troknen Körpern auch viel zu gering gewesen seyn würde, um ihre Erweichung möglich zu machen. Der flüßige Zustand, in dem sich die ganze Erdmaße befand, konnte also auch nicht durch Auflösung, oder durch Erweichung im Wasser bewirkt worden seyn; er war Folge einer Schmelzung durch's Feuer.

Dieser natürliche, an sich schon sehr wahrscheinliche, Schluß, bekommt durch das zweite Faktum einen neuen Grad von Glaubwürdigkeit, und wird zur Gewißheit durch das dritte. Die innere, noch iezt wirklich vorhandene, Wärme der Erdkugel, die die, uns durch die Sonne mitgetheilte Wärme weit übersteigt, beweißt uns, daß das alte ursprüngliche Feuer, dem der Erdkörper unterlag, noch nicht völlig versprüht ist. Zuverläßige und wiederholte Beobachtungen geben uns die Versicherung, daß die ganze Maße des Erdkörpers eine eigne, ganz von der Sonne unabhängige, Wärme besizt. Man überzeugt sich davon auf eine noch fühlbarere Weise, wenn man ins Innere der Erde dringt; aller Orten, und in ieder Tiefe trift man sie an; ie mehr man hinab-

steigt,

steigt, je größer scheint sie zu seyn. Allein was sind alle unsere Gruben gegen die, welche man eigentlich graben müßte, um die stufenweisen Grade dieser innern Wärme der Erdkugel kennen zu lernen! Je tiefer man eindränge, je mehr würde sie zunehmen, und die Theile, welche den Mittelpunkt der Kugel begrenzen, würden heißer seyn, als die weiter entfernten.

Ueberdies hat es die Erfahrung gelehrt, daß die Sonnenwärme nicht einmal funfzehn oder zwanzig Fus tief die Erde durchdringt, weil sich auch in den heißesten Sommern in dieser Tiefe das Eis hält.

Was die vierte Thatsache betrift, so ist es gar keinem Zweifel mehr unterworfen, daß die Bestandtheile der Erdkugel von glasartiger Natur sind; der Grundstof der Mineralien, der vegetabilischen und animalischen Körper besteht aus einer Materie, die sich verglasen läßt.

Die fünfte, von uns aufgestellte Thatsache beweißt, daß alle Materien, die nicht unmittelbar durch die Wirkung des Feuers hervorgebracht wurden, ihr Entstehen dem Wasser zu verdanken haben, weil sie aus Muscheln und anderer Meeresbrut gebildet worden sind. Der Sand ist nichts anders, als pulverisirtes Glas; der Thon, im Wasser vermorderter Sand; der Schiefer, vertrokneter und ver=

härte=

härteter Thon; der Fels, der Sandstein, der
Granit nichts anders, als glasartige Maßen,
oder Sand, der sich verglasen läßt; der Kiesel,
der Kryſtall, die Metalle und die meiſten übri=
gen Mineralien ſind bloſſe Ausgüſſe, oder
Sublimationen dieſer erſten Materien, die uns
ihren primitiven Urſprung, und ihr gemein=
ſchaftliches Weſen alle dadurch verrathen,
daß ſie ſich unmittelbar in Glas verwandeln
laſſen.

Doch der kalkartige Sand und Kies, die
Kreide, der Quaderſtein, der Bruchſtein, der
Marmor, der Alabaſter, der durch=und un=
durchſichtige Kalkſpath, wie überhaupt alle
Körper, die in Kalk verwandelt werden können,
zeigen nicht ſogleich ihre urſprüngliche Natur,
ob ſie gleich eben ſo, wie die übrigen, glas=
artig ſind. Sie drangen durch Steinadern
oder Rizzen hindurch und arteten aus; ſie
wurden im Waſſer gebildet; ſie beſtehen alle
aus Madreporen, aus Muſcheln, aus Ueber=
reſten und Körpern dieſer Seethiere, die alle
im Stande ſind, flüßige Materien in trokne,
und das Meerwaſſer in Stein umzuſchaffen.
Die Betrachtung dieſer Körper und eine auf=
merkſame Unterſuchung der Denkmäler der
Natur liefern die Beweiſe hierzu.

Man findet auf der Oberfläche und im
Innern der Erde Muſcheln und andere Meer=
produkte; und alle die ſogenannten Kalkmaterien
ſind

sind aus ihren Bestandtheilen zusammengesezt.

Wenn man diese Muscheln und Meerprodukte untersucht, so findet man, daß sich viele Thiergattungen, welchen ehmals diese Schaalen angehörten, nicht mehr in den benachbarten Meeren aufhalten; und daß diese Gattungen entweder gar nicht mehr existiren, oder iezt bloß im südlichen Ozean zu Hause seyn müssen, ist der natürlichste Schluß.

In Sibirien, und im Norden von Europa und Asien trift man Skelette, Zähne und Knochen von Elephanten, Flußpferden und Rhinozeren in so zahlreicher Menge an, daß man schlechterdings hier ihren ehmaligen Wohnplaz annehmen muß. Das nemliche weiß man vom Norden Amerika's.

Man findet mitten in Ländern, in den vom Meer entferntesten Gegenden zahllose Muschellagen, von welchen der grössere Theil von solchen Thieren kommt, die sich iezt in den südlichen Gewässern aufhalten; ein anderer Theil von Geschöpfen, die iezt gar keine analoge Nachkommenschaft mehr haben, so daß diese Arten ausgestorben und durch Ursachen untergegangen zu seyn scheinen, die bis iezt noch unbekannt sind.

Wie! wird man sagen, die Elephanten und die übrigen Thiere der Mittagsgegenden hätten also ehmals den Norden bewohnt! In

Wahr-

Wahrheit, so sonderbar und ausserordentlich uns auch dies Faktum vorkommen muß, so ist es nichts destoweniger richtig. Man findet in Sibirien, in Rußland und andern mitternächtlichen Gegenden Europens und Asiens noch tagtäglich Elephantenknochen und Elephantenzähne an so vielen verschiedenen Orten und in so ungewöhnlicher Menge, daß man nichts sagt, wenn man behaupten wollte, es seyen Ueberbleibsel von einigen Elephanten, die ehmals durch Menschen in diese kalte Klimate gekommen seyen. Man wird durch wiederholte Erfahrungen genöthigt, diese Thiere als wirkliche ehemalige Bewohner des Nordens anzunehmen, so wie sie iezt Bewohner des Süden sind. Es mußte also auch ehemals diese kalte Zone so warm gewesen seyn, wie iezt unsere heiße Zone ist; denn ohnmöglich konnte doch die körperliche Konstitution dieser Thiere so sehr verändert worden seyn, daß der Elephant die Natur des Rennthiers bekommen hätte; noch daß man etwa annehmen könnte, die mittäglichen Thiere hätten im Norden leben und sich fortpflanzen können, obgleich das Klima damals eben so kalt gewesen wäre, als iezt.

Das alles kann ich erklären und von einer unmittelbaren Ursache herleiten. Als der Erdball seine iezzige Form bekam, war er in einem vom Feuer bewirkten, flüßigen Zustand. Nun ward, um aus diesem anfänglichen Zu-

stand

ſtand des Brandes und der Schmelzung bis
zu einer gelinden und gemäßigten Wärme her=
ab zu kommen, eine gewiſſe Zeit. erfordert.
Die Kugel konnte nicht auf einmal wieder ſo
kalt werden, wie ſie es iezt iſt. Da nun
erſt nach und nach das groſſe Feuer ver=
ſprühte, ſo entſtanden die Polarländer; wie
nachher alle andere Klimate; die ſtufenweiſe
Abnahme des Feuers, und die Zunahme der
Kälte. Es war alſo einſt eine Zeit, oder beſſer
eine lange Zeitperiode, während welcher die
Nordländer die nemliche Wärme genoſſen, die
iezt die Südländer genieſſen. Folglich konnten
und mußten die mitternächtlichen Gegenden
der Erde von Thieren bewohnt worden ſeyn,
die iezt nur in mittäglichen Klimaten zu Hauſe
ſind.

In einer ſechsten, nach den fünf erſten,
erfolgten Epoche erfolgte dann die Trennung
oder Theilung des feſten Landes der Erdkugel.
Zuverläßig hiengen zu der Zeit, da die Ele=
phanten noch eben ſowohl Bewohner des
nördlichen Europa's und Aſiens, wie Amerika's
waren, noch alle Welttheile zuſammen; erſt
in ſpätern Zeiten trennten ſie ſich von einander,
und ſo wie nach und nach die nördlichen Län=
der erkalteten, zogen ſich dieſe Thiere in mildere
Gegenden zurük.

Ehe

Ehe wir aber weiter gehen, müssen wir
zuvor einem wichtigen Einwurf zuvorkommen,
der sogar in einen Tadel ausarten könnte.
Wie reimen wir, wird man sagen, das hohe
Alterthum, das der Materie zugeschrieben
wird, mit den heiligen Traditionen eines
Moses? Laßt uns die ersten Thatsachen, die
uns dieser Schriftsteller über die Schöpfung
mitgetheilt hat, vernünftig und natürlich erklären! Laßt uns sorgfältig die Strahlen sam-
meln, die von dem himmlischen Licht auf uns
herab schimmern! Weit entfern, die Wahrheit
zu verhüllen, wollen wir ihr neues Licht und
Hellung zu verschaffen suchen. *

Erste Epoche.

In dem ersten Zeitraum, da der geschmol-
zene, flüßige, um sich selbst herumlaufende
Erdkörper seine Gestalt bekam, sich an dem
Aequator erhob und an den Polen senkte,
waren die übrigen Planeten in dem nemlichen
Fluß,

---

* Wie Buffon die Mosaische Erzählung mit seinem System zu vereinbaren sucht, findet man
im Original ausführlicher. Siehe Epoques
de la Nature, Supplement, tome IX. pag. 43,
jusqu'à la page 58.

Fluß, weil sie, gerade so wie die Erde, durch den Umlauf um sich selbst, eine, der Geschwindigkeit des Umschwungs proportionale Erhabenheit am Aequator, und Abstumpfung unter den Polen erlitten.

Wir kennen in der Natur keinen andern Wärmestof, kein anderes Feuer, das im Stande gewesen wäre, die Materie der Erde und der Planeten zu schmelzen, als die Sonne; es ist also Grund zur Vermuthung da, daß die Erd= und Planetenmaterie ehemals ein Theil des Sonnenkörpers gewesen, und durch einen ein= zigen Stoß davon getrennt worden sey, denn alle diese Sterne kreisen auf einerlei Weise, und fast in einerlei Bahnen um die Sonne; die Kometen hingegen, die zwar auch um die Sonne herum kreisen, aber in ganz verschied= nen Bahnen, scheinen durch andere, von jenem Stoß verschiedene, Stöße in Bewegung ge= kommen zu seyn. Der Anfang des Kreislaufs der Planeten gehört daher in Eine Epoche.

Das Erkalten der Erde und der Planeten, hat, wie bei allen heißen Körpern seinen An= fang an der Oberfläche genommen; die ge= schmolzenen Materien verhärteten sich in sehr kurzer Zeit; so bald das grosse Feuer, das die Erde durchdrang, versprüht war, so näher= ten und vereinigten sich durch ihre wechselseitige anziehende Kraft, diejenigen Theile mit ein= ander, die es getrennt hielt; die, welche hin= läng=

längliche Dichtigkeit besaßen, die Gewalt des
Feuers aushalten zu können, bildeten sich zu
harten, festen Maßen; diejenigen aber, die
sich, wie das Wasser und die Luft ausdehnen
lassen, und sich durch das Feuer verflüchtigen,
trennten sich sogleich beim ersten Anfang der
Erkaltung; in Dünste aufgelöst und weit
umher gestreut, bildeten sie eine Art von Atmosphäre um die Planeten herum, die mit der
Sonnenatmosphäre gewisse Aehnlichkeit hat.

So lange die Planeten, wie dieses Ge-
stirn, im Fluß oder in der Gluth waren, so
waren sie bloße Maßen von geschmolzenem Glas,
mit einem Dunstkreis umgeben. Aber, so
wie sie nach und nach konsistent wurden, ver-
loren sie von ihrem Feuer; völlig dunkel wurden sie zuerst alsdann, da sie sich bis auf den
Mittelpunkt verhärtet hatten, so wie man eine
Maße geschmolzenen Metalls ihr Licht und ihre
Röthe noch sehr lange, nach der Verhärtung
ihrer Oberfläche beibehalten sieht. Und in
dieser ersten Zeit, wo die Planeten noch durch
ihr eignes Feuer leuchteten, mußten sie Strahlen werfen, Funken sprühen, Auswürfe thun,
und sodann bei der Erkaltung unterschiedene
Aufwallungen erleiden, so wie das Wasser,
die Luft und die andern Materien, die das
Feuer nicht auszuhalten im Stande waren,
auf ihre Oberfläche zurückfielen. Das Entstehen der Elemente und ihr nachheriger Kampf

un=

unter einander mußte nothwendig Ungleichheiten, Aufwürfe, Tiefen, Höhen, Schlünde auf der Oberfläche und in den ersten Schichten der Erde hervorbringen; und dieser Epoche muß man die Bildung der höchsten Gebirge des Erd = und Mondkörpers, nebst allen Ungleichheiten und Höhen, die man an den Planeten entdekt, zuschreiben.

Aber, wird man mir einwenden, warum sollen wir einen so grenzenlosen Zeitraum, als die Dauer so vieler Jahrhunderte ist, annehmen? Denn bei dem Anblik eines solchen Gemäldes ist die Erde schon unzählige Jahrhunderte alt, und die Geschöpfe haben ein unermeßliches Daseyn. Ich beantworte diesen Einwurf mit nichts anderm, als der Darlegung der Denkmäler und der Betrachtung der Werke der Natur; ich will das Detail davon zeigen, und man wird finden, daß ich, statt die Dauer der Zeit ohne Noth vergrößert zu haben sie vielleicht noch viel zu sehr abgekürzt habe.

Und warum scheint doch der menschliche Geist sich mehr in dem Raum der Zeit zu verlieren, als in dem Raum des Orts und in der Betrachtung der Maße, der Schuhe und Zahlen? Ist's nicht blos darum, weil wir, wegen unsers so kurzen Daseyns, schon hundert Jahre als eine grosse Zeitsumme anzusehen pflegen; uns von tausend Jahren kaum einen Begrif machen, zehntausend uns noch weni=

weniger vorstellen und hunderttausend gar nicht mehr faßen können? Das einzige Hülfsmittel, das man hat, ist die Eintheilung dieser langen Perioden in mehrere Räume; eine angestellte, möglichst anschauliche Vergleichung der Dauer einer ieden dieser Abtheilungen mit dem Ganzen und besonders mit den Anordnungen der Natur selbst.

Zweite Epoche.

Als die Materie, die sich nun verhärtet hatte, den innern Erdkörper, so wie die grosse glasartige Maßen auf ihrer Oberfläche bildete.

Die Elemente bildeten sich durch die Erkaltung und ihren stufenweisen Fortgang. Alle diese flüchtige Materien breiteten sich in Gestalt eines Dunstkreises, in einer grossen Entfernung, in der die Hizze weniger stark war, um die Erdkugel aus. Indeß sezten sich die geschmolzenen und glasartigen Körper, bildeten den innern Erdkörper und den Kern der grossen Gebirge, deren Gipfel, innere Maßen und Grundlagen wirklich aus glasartigen Theilen bestehen. Es gehört daher die lokale Entstehung der grossen Gebirgketten in diese zweite Epoche, die um mehrere Jahrhunderte der

F 4

Bil-

Bildung der Kalkgebirge vorangieng, welche erst nach der Niederlassung der Gewässer ihr Daseyn erhielten. Denken wir uns einmal, wenn es möglich ist, den Anblik, den die Erde in dieser zweiten Epoche gewährte! Die Ebenen, die Gebirge, so wie das Innere der Kugel bestanden einzig und allein aus geschmolzenen Materien, alle verglaßt, alle von einer Art. Man stelle sich auf einen Augenblik die iezzige wirkliche Erdfläche vor, aber aller ihrer Meere, aller kalkartigen Gebirge, aller horizontalen Schichten von Stein, von Kreide, Tufstein, vegetabilischer Kreide, Thon beraubt, kurz von allen flüßigen und dichten Körpern entblößt, die erst durch das Wasser gebildet und angesezt wurden. Was würde diese Erdfläche, nach Wegräumung aller dieser mannigfaltigen Körper für ein Aussehen haben? Nichts, als das blosse Erdgerippe, d. i. der verglaßte Fels, der den innern Körper der Erde ausmacht, würde übrig bleiben; übrig würden bleiben die perpendikulären Spalten, die zur Zeit der Verhärtung entstunden und durch die Erkaltung vergrößert, erweitert wurden; übrig würden bleiben die Metalle, die firen Mineralien, die durch die Wirkung des Feuers, von dem verglaßten Erdfelsen getrennt, die perpendikulären Spalten in den Ansäzzen des innern Erdfelsen ausfüllten, und endlich noch die Löcher, die Höhlungen und alle innere Zwischenräume dieses

Fel=

Felſen, der der Grundpfeiler von allem dieſem
iſt und zur Stüzze aller irdiſchen Körper
dient, die in der Folge durch das Waſſer ange=
legt worden ſind.

Dritte Epoche.

Als das Waſſer unſer feſtes Land be=
dekte.

Man hat zuverläßige Beweiſe, daß das
Meer das feſte Land von Europa auf funfzehn
hundert Toiſen über den iezzigen Stand des
Meeres bedekt habe, denn auf den Alpen und
in den Pyrenäen trift man bis zu dieſer Höhe
hinauf Muſcheln und andere Meerprodukte an.
Die nemlichen Erfahrungen hat man auch in
Afrika, Aſien und Amerika gemacht. Die
Oberfläche der Erdkugel war im Ganzen ge=
nommen weit erhabener, als ſie iezt iſt; und
das Meer hatte dieſe Erdfläche — vielleicht
einige beſonders hohe Gegenden, und die Gi=
pfel der Gebirge, die allein noch das allge=
meine Weltmeer überſtiegen, das ſich wenigſtens
bis auf die iezzige Höhe der Muſchelſchichten
erhob, ausgenommen — gänzlich überzogen.
Es läßt ſich hieraus ſchließen, daß die Thiere,
die ehemals die Muſcheln bewohnten, die erſten
Geſchöpfe auf der Erde geweſen ſeyn mußten,

F 5 und

und von der unermeßlichen Menge dieser Meeres=
brut zu urtheilen, war ihre Bevölkerung un=
geheuer groß.

Nun, hatten sie aber nicht anfänglich, da
das Wasser die Erdfläche bedekte, einen Grad
von Wärme auszuhalten, den unsere Fische
und unsere Konchylien nicht würden haben
ertragen können? Diese Wärme konnte also
nur Fischen und Konchylien angemeßen seyn,
die von den unsern verschieden waren. Sie
dauerten iene Periode durch, die nach der
Niederlassung des Wassers auf dem festen
Lande anfieng, und sind iezt untergangen.

Aber um den Faden der grossen und zahl=
reichen Phänomene, die wir zu erklären haben,
nicht zu verlieren, wollen wir uns wie=
der zurük in die vorhergehenden Zeiten ver=
sezzen, in welchen das Wasser, das bis hier=
hin in Dünste aufgelößt war, sich kondensirte
und auf die brennende, verzehrte, ausge=
dörrte und durch die Hizze aufgesprungene
Erde herabzufallen anfieng. Wir wollen uns
die wundervollen Wirkungen vorzustellen su=
chen, die ein solcher schneller Fall flüchtiger,
verschiedner, zur Zeit der Konsolidation und
der stuffenweise zunehmenden Erkaltung subli=
mirter Materien zur Folge haben mußte!
Die Trennung der beiden Elemente, Luft und
Feuer, der Stoß der Winde und der Fluthen,
die sich wirbelnd auf eine rauchende Erde
stürz=

ſtürzten; die Reinigung der Atmoſphäre, die
die Sonnenſtrahlen vorher nicht durchdringen
konnten; eben dieſe Atmoſphäre, durch Wolken
voll dikken Rauchs von neuem verdunkelt; die
tauſendmal wiederholte Deſtillirung und die
beſtändige Wallung niedergeſunkener und wie=
der aufgejagter Waſſer; endlich die, durch die
Abſonderung der volatilen, vorher ſublimirten,
Materien, bewerkſtelligte, Lauge der Luft,
indem ſie ſich alle in kürzerer oder längerer
Zeit ſezten: welche Bewegungen, welche
Stürme mußten der lokalen Niederlaßung eines
ieden dieſer Elemente vorher und zur Seite ge=
hen; welche Folgen mußte ſie haben? Und
ſollten wir nicht den erſten Momenten eben
dieſes Aufruhrs in der Natur, und dieſer Be=
wegungen die Verwüſtungen, die erſteren Ein=
ſtürze und die Veränderungen zuſchreiben kön=
nen, die der Erdfläche, dem größten Theil
nach, eine zweite Geſtalt gegeben haben?
Es iſt leicht zu denken, daß das Waſſer, das
die Erde damals faſt ganz umgab, und durch
ſeinen reiſſenden Fall, durch den Einfluß des
Mondes auf die Atmoſphäre, und auf die
ſchon niedergeſunkenen Waſſer, durch die Hef=
tigkeit der Winde u. d. gl. allen dieſen An=
fällen nachgegeben und durch dieſe Erſchüt=
terungen angefangen haben wird, die Thäler
auf der Erde tiefer zu furchen; die minder
feſten Anhöhen umzukehren, die Gipfel der
Ge=

Gebirge niederzudrükken, ihre Ketten an den
schwächsten Gliedern; zu durchbrechen; — daß
es, nach seiner Niederlassung sich unterirdische
Bahnen gebrochen, daß es die Höhlen unter-
graben; ihren Einsturz bewirket, und sich
folglich stuffenweise immer mehr gesenkt habe,
um wieder neue Tiefen anzufüllen, die es
gewühlt hätte. Die Höhlen sind das Werk
des Feuers; das Wasser war kaum da, so
that es Anfälle auf sie; es arbeitete an ihrer
Zerstörung und thut es noch immer. Dem
Einsturz der Höhlen haben wir daher, als der
einzigen Ursache, die uns durch Thatsachen
erwiesen ist, das Sinken des Wassers zuzu-
schreiben.

Die Natur streute in die Meere und über
alle Länder, die das Wasser nicht übersteigen
konnte, oder die es bald wieder verlassen
hätte, Lebensstof aus, um sie fruchtbar zu
machen; und diese Meere und Länder konnten
nur mit solchen Vegetabilien und Animalien
besezt werden, welche die damalige Wärme
vertragen konnten, die die heutige, den iezzigen Wesen angemessene Wärme, bei weitem
übertraf.

Die Muscheln, so wie die Vegetabilien
der ersten Zeit vermehrten sich diese lange
Reihe von Jahren hindurch, vermög ihres
kurzen andern plazmachenden Lebens, auf
eine außerordentliche Weise; die Schaalthiere,
die

die Polypen, die Korallen, die Madreporen, die Astroiten und alle kleine' Thierchen, die das Wasser versteinern, überließen, so wie sie starben, ihre Hüllen und ihre Körper der Willkühr des Wassers; dies verführte, zerstükte und sezte diese Materien an tausend Orten an; denn gerade um diese Zeit begann die Ebbe und Fluth, und bestimmte Winde mach= ten den Anfang, aus dem Bodensaz und dem Depot des Wassers die horizontalen Schichten der Erdrinde anzulegen; hierauf gaben die Ströme allen Hügeln und Bergen von mittel= mäßiger Höhe übereinstimmende Richtungen: und zulezt verführte das Wasser die, aus dem Moder der Vegetabilien entstandenen, brenn= baren Materien, so wie die kiesartigen, harz= theiligen und mineralischen Körper, rein oder mit Erde und andern Materien vermischt, in die innere Höhlungen der Kugel.

Das Einzige, was schwer zu begreifen seyn könnte, ist die außerordentliche Menge vegetabilischer Ueberbleibsel, die die Bestand= theile der Höhlenminen vorausfezzen lassen; allein man kann sich aus dem Folgenden im Kleinen eine Idee von dem machen, was da= mals sich im Großen zutrug. Welch' eine übermäßige Menge schwerer Bäume führen nicht gewisse Flüße, wie z. B. der Mißißippi in das Meer! Die Anzahl dieser Bäume ist so ungeheuer groß, daß sie zu gewissen Jahrs=
zeiten

zeiten die Schiffahrt sauf diesem breiten Fluße
hemmt. So ist's an der Mündung des Amazonenflußes und den meisten großen Flüßen wüster
oder schlecht bevölkerter Länder. Es läßt sich
nun nach dieser Vergleichung denken, daß —
da alle über das Meer erhabene Länder an-
fangs mit Bäumen und andern Vegetabilien,
die nur bloß das Alter zerstörte, bedekt waren — in jener langen Zeitperiode nach und
nach große Lasten dieser Vegetabilien und
Bäume durch die Waldströme von den hohen
Bergen herab in das Meer verführt wurden.
Selbst Amerika's unbewohnte Landschaften geben
uns ein auffallendes Beyspiel davon. Man
findet in Guyana Waldungen von Latan- oder
Fächerpalmen, die sich auf etliche Meilen im
Umfang erstrekken; sie stehen in einer Art von
Sümpfen an einem Anhang des Meers. Diese
Bäume stürzen, wenn sie ihre Zeit durchlebt
haben, vor Alter nieder, und werden von den
Strömen weggeschwemmt. Die vom Meer
entfernten Wälder, welche alle Berge des innern Landes bedekken, sind weit weniger mit
gesunden, blühenden Bäumen versehen, als
mit abgestorbenem, halb vermodertem Holze
überzogen. Die Reisenden, die sich in diesen
Wäldern zu übernachten genöthigt sehen, un-
tersuchen den Ort, den sie zum Lager wählen,
zuvor auf das sorgfältigste, ob er noch mit
gesunden Bäumen bewachsen ist, und ob sie
nicht

nicht Gefahr laufen, vom Fall angefaulter Bäume im Schlaf zerschmettert zu werden; und der Fall dieser Bäume zu ganzen Haufen ist nichts ungewöhnliches. Ein einziger Windstos wirft öfters eine solche Menge darnieder, daß man in weiter Entfernung das Geräusch davon vernimmt. Diese Bäume stürzen von den Gebirgen herunter, reißen eine Menge anderer mit sich, und vereinigen sich mit einander in den niederen Gegenden, wo sie in Verwesung übergehen, um neue Schichten vegetabilischer Erde anzulegen; oder sie werden auch wohl durch reißende Ströme in benachbarte Meere verführt, und bilden weiter hin neue Lagen von Steinkohlen.

Vierte Epoche.

Als sich das Wasser vom festen Lande zurükzog, und die Vulkane anfiengen in Wirksamkeit zu kommen.

So wie die, aus dem Wasser hervorstehenden, Länder mit Bäumen und Vegetabilien aller Art bedekt wurden, so stieg zu gleicher Zeit die Vermehrung der Fische und Muscheln in den Meeren ins Unendliche; noch mehr, der Ozean wurde der allgemeine Behälter alles dessen, was die aus ihm hervorragenden Länder,

der, nur hergaben. Die Menge der, in diesen primitiven Ländern hervorgebrachten und zerstörten Gewächse war unermeßlich. Man kann sich keine Vorstellung davon machen. Eben so waren es die Minen, die Salz, Eisen, Kies und solche Körper füllten, deren Bestandtheile Säuren in sich enthalten, und die sich erst nach dem Fall des Gewässers gebildet haben konnten; diese Materien wurden nun weggeschwemmt, und an niedern Orten, so wie in den Spalten des Erdfelsen abgesezt. Hier traffen sie schon mineralische, durch die grosse Wärme der Erde sublimirte Substanzen an, und so mögen sie den ersten Grund zu den künftigen Vulkanen gelegt haben: zu den zukünftigen, sage ich: denn vor dem Zurüktreten des Gewässers war noch kein wirklich wirksamer Vulkan vorhanden.

Man muß nemlich unter Vulkanen auf dem Lande und Vulkanen in dem Meer einen Unterschied machen; leztere können nur, wenn ich so sagen soll, momentane Auswürfe thun, weil das Feuer unmittelbar in dem Augenblik, da es sich durch das Aufwallen der Feuermaterien entzündet, vom Wasser — das die Mündung bedekt und sich strohmweise durch alle die Auswege, die sich die Flamme eröfnet, bis zum Heerd hinab stürzt — wieder ausgelöscht wird. Die Vulkane des festen Landes sind hingegen in beständiger, dem Vorrath ihrer

Feuer=

Feuermaterien proportionalen Wirksamkeit; es
darf sich diesen Materien nur eine gewisse Quan-
tität Wasser nahen, um sie in Gährung zu
bringen, und dann entstehen durch den Zusam-
menstoß einer großen Wassermaße gegen eine
solche Feuermaße die gewaltsamsten Ausbrüche;
eber daher kann ein Vulkan in der See nur
Augenblikke, und ein Vulkan auf dem Lande nur
so lange in Bewegung seyn, als er dem Gewässer nahe ist. Der nemliche Grund, warum
alle iezt brennenden Vulkane sich entweder auf
Inseln, oder in der Nachbarschaft der Seeküsten
befinden; und warum man hundertmal mehr
erloschene, als brennende Vulkane zählen kann.
Denn so wie das Gewässer bei seinem Zurük-
ziehen sich zu sehr vom Fuß vulkanischer Gebirge entfernte, verminderten sich die Eruptionen nach und nach, und hörten zulezt ganz auf.
Die leichtere Bewegungen, die etwa das Regenwasser noch auf dem alten Heerd des Vulkans bewirken konnte, brachten nur unbedeu-
tende Ausbrüche hervor; es müßte dann noch
irgend einmal ein besonderer, sehr seltener
Nebenumstand hinzugekommen seyn.

Die Beobachtungen, die man hierüber
angestellt hat, bestätigen diese Behauptungen
völlig.

Alle iezt brennenden Vulkane liegen nahe
am Meer; alle erloschene, deren Anzahl ungleich grösser ist, mitten in festen Ländern;

oder

oder wenigstens in beträchtlicher Entfernung
vom Meer; die meisten scheinen zwar ihren Siz auf
den höchsten Bergen gehabt zu haben; allein
man fand auch sehr viele auf sehr mittelmäßi=
gen Höhen. Die Vulkane datiren daher ihren
Ursprung nicht durchaus in Einer Periode.
So viel aber ist einmal gewiß, daß die ersten,
das heißt, die ältesten Vulkane nicht eher eine
fortdaurende Wirksamkeit erlangen konnten,
als bis das Wasser, das ihren Gipfel bedekte,
gefallen war, und eben so scheinen sie auch
wiederum zu brennen aufgehört zu haben,
als sich dies Gewässer allzuweit von ihnen ent=
fernt hatte; denn, ich wiederhole es, keine
Macht anders, als das Zusammenschlagen des
Wasser=und Feuerelements kann so wunder=
volle Phänomene hervorbringen, als die Erup=
tionen der Vulkane sind.

Auf der andern Seite scheint mir aber bei
dem Erdbeben und den vulkanischen Ausbrüchen
die elektrische Kraft eine wichtige Rolle zu
spielen. Ich bin durch sehr wichtige Gründe
und durch die Vergleichung mit elektrischen
Versuchen, die ich angestellt habe, überzeugt
worden, daß die, dem Erdkörper eigenthümliche
Wärme der Grund der elektrischen Materie
ist; die beständigen Emanationen dieser Wärme
sind, obgleich merklich, doch nicht sichtbar,
und bleiben, so lange ihr Ausströhmen frei und
ungestört bleibt, eine dunkle Wärme; allein

so bald sie in ihrem Gang gehemmt, oder durch
das Reiben der Körper angehäuft werden, bre=
chen sie in ein sehr lebhaftes Feuer und in
starke Eruptionen aus. Die Bewegung dieses
wichtigen Elements muß in den innern Höhlun=
gen der Erde, die mit Feuer, Luft und Waf=
ser angefüllt sind, ungestüme Winde, tö=
sende Stürme und unterirdische Donner hervor
bringen, die man gewißermaßen mit den athmos=
phärischen Wettern vergleichen kann; ihre
Wirkungen müssen sogar noch heftiger und an=
haltender seyn, wenn man den starken Wider=
stand in Betrachtung zieht, den die Festigkeit
der Erde der Gewalt dieser unterirdischen,
elektrischen Donner allenthalben entgegensezt.
Die Schnellkraft einer mit dikken, und durch
die Elektrizität entzündeten Dünsten, geschwän=
gerten Luft; die Gewalt des Wassers, durch
das Feuer in elastische Dämpfe verwandelt;
alle die übrigen Bewegungen dieser elastischen
Kraft dazu genommen, heben und öfnen die
Erdrinde, oder erschüttern sie wenigstens durch
Erdbeben, deren Stöße nur so lange dauern,
als der innere Donnerschlag, der sie bewirkt;
diese Stöße geschehen so oft nach einander, bis
sich die ausgedehnten Dünste durch irgend eine
Defnung einen Ausgang auf die Oberfläche
der Erde, oder in den Schooos des Meers ver=
schaft haben. Auch sind die vulkanischen Aus=
brüche vor und während des Brandes mit einem

dum=

dumpfen und rollenden Getöse vergesellschaftet, das vom Donner in nichts, als in dem unter= irdischen todten Ton, verschieden ist, den der Schall bei dem Durchdringen einer dikken, soliden Materie, innerhalb der er eingeschlossen ist, nothwendig annehmen muß.

Diese unterirdische Elektrizität sehe ich als eine allgemeine Ursache bei vulkanischen Ent= zündungen an, und wenn man sie mit den Partikularursachen des Feuerauswurfs, der durch die Gährung der, allenthalben in der Erde verbreiteten, Feuermaterien bewirkt wird, verbindet, so lassen sich die Hauptphänomene feuerspeiender Berge hinlänglich erklären: so scheint z. B. der Heerd der Vulkane der Spizze des Berges sehr nahe zu seyn; allein die Gäh= rung ist unter demselben. Ein Vulkan ist nichts anders, als ein ungeheurer Schmelzofen, dessen Blasbälge oder vielmehr Ventilatoren in den innern Höhlungen, auf der Seite und un= ter dem Heerde angebracht sind; eben diese Höhlungen dienen, da sie sich bis zum Meer erstrekken, zu Zugröhren, um nicht blos die Dünste, sondern selbst Maßen von Wasser und Luft in die Höhe zu treiben. Durch dieses Aufsteigen entsteht der unterirdische Donner, der gleichsam mit einem wehklagenden, seuf= zenden Getöse beginnt und dann durch einen schreklichen Auswurf zerklüfter, brennender und kalzinirter Materien losbricht; dikke Wirbel
von

von schwarzdunklem Rauch, oder Flamme;
schwere Asch = und Steinwolken ; brausende
Ströhme von geschmolzener Lava, die weit
umher ihre glühende und verwüstende Wellen
wälzen, verrathen von auſſen die konvulſivi=
ſche Zukfungen in der Erde Eingeweiden.

Dieſe unterirdiſchen Wetter ſind um deſto
heftiger, ie näher ſie vulkaniſchen Bergen und
dem Meergewäſſer ſind, deſſen Salz und fetten
Oele die Wuth des Feuers noch mehr vergröſ=
ſern; die Länder, welche zwiſchen Vulkange=
birgen und dem Meer liegen, ſind daher den
häufigſten Erdbeben ausgeſezt. Aber warum
iſt kein Ort der Erde, wo man nicht, ſelbſt
ſeit Menſchengedenken, einige Erderſchütte=
rungen geſpürt hätte? Die Antwort iſt leicht:
weil allenthalben Meer und faſt überall auch
Vulkane waren; ihr Feuer, wenn ſie gleich
vermöge des zurükgetretenen Gewäſſers zu bren=
nen aufgehört haben, iſt noch vorhanden. Dieſ
beweiſen uns die Quellen von Erdöl, die war=
men Bäder und Schwefelbrunnen, die ſich
häufig in niedern Gebirggegenden und ſelbſt
mitten in den größeſten feſten Ländern befinden.
Dieſe alten vulkaniſchen Feuer, die ſeit dem
Zurüktreten des Gewäſſers ruhiger geworden
ſind, ſind demohngeachtet noch im Stande, von
Zeit zu Zeit innere Bewegungen zu bewirken,
und leichte Erſchütterungen hervorzubringen,
deren Gang ſich nach ven Höhlungen in der

F 5   Erde

Erbe richtet, und vielleicht auch nach dem Lauf
des Wassers oder der Metalladern, die als
Leiter jener unterirdischen Elektrizität anzusehen
sind.

Man muß sich nicht wundern, daß die
Vulkane alle auf hohen Gebirgen befindlich sind;
dies waren die einzigen Orte der Erde, wo die
innern Höhlungen sich hielten; die einzigen,
wo diese Höhlungen durch Rizze oder Spalten,
die noch nicht ausgefüllt sind, von unten aus
in die Höhe laufen, und endlich die einzigen,
wo der leere Raum groß genug war, die grosse
Summe von Materien in sich zu fassen, die dem
Feuer fortdaurender, und noch bis iezt nicht
erloschener Vulkane zur Nahrung dienen. Uebri=
gens werden auch diese, wie die andern, in
folgenden Jahrhunderten erlöschen; ihre Erup=
tionen werden aufhören. Darf ich es zu sagen
wagen, daß die Menschen dazu beitragen könn=
ten? Würde es so viel kosten, die Kommuni=
kation eines Vulkans mit seinem benachbarten
Meer abzuschneiden, als es kostete, die Egypti=
schen Pyramiden zu errichten? Diese unnüzzen
Denkmäler, die ein falscher, eitler Ruhm er=
baute, lehren uns wenigstens, daß wir grosse
Dinge unternehmen können, wenn wir dieselbi=
gen Kräfte auf Monumente der Weißheit ver=
wenden; daß wir die Natur uns vielleicht bis
zu dem Grad unterwürfen, der sie nöthigte,
ihre Feuerverwüstungen, wo nicht aufzugeben,
doch

doch wenigſtens ſo zu leiten wie wir, durch
unſere Kunſt, die Gewalt des Waſſers zu leiten
und zu brechen wiſſen.

Fünfte Epoche.

Als die Elephanten und die übrigen Thiere
der ſüdlichen Länder den Norden be:
wohnten.

Alle iezt exiſtirenden Thiere konnten auch
ehemals in einer gleichen Temperatur exiſtiren.
Nun ſtand aber in den nördlichen Gegenden
die Wärme auf eben dem Grad, als ſie iezt in
den ſüdlichen Ländern ſteht; und dieſe waren
hingegen während der damaligen Temperatur
iener Länder noch brennend heiß, und eine
lange Reihe von Jahren hindurch öde und un:
bewohnt. Das Andenken davon ſcheint ſich ſo:
gar durch die Tradition der Alten erhalten zu
haben, denn dieſe waren verſichert, daß die
Länder der heißen Zone unbewohnt ſeyen: ia
dieſe Länder waren ſelbſt noch lange nach der
Bevölkerung der nördlichen Gegenden unbe:
wohnt. Und in welcher Gegend von Norden mögen
die erſten Landthiere ihr Daſeyn erhalten haben?
Iſts nicht wahrſcheinlich in den erhabenſten
Gegenden, weil dieſe eher, als die andern er:

kalte:

kalteten? Und ists nicht eben so wahrscheinlich,
daß die Elephanten und übrige, iezt in Süden
wohnende Thiere unter allen zuerst entstunden,
und einige Jahrtausende hindurch, selbst noch
lange vor dem Entstehen ihrer iezzigen Be=
wohner, der Rennthiere, diese nördlichen Länder
inne hatten?

Zu der Zeit lebten und vermehrten sich
die Elephanten, die Rhinozeren, die Flußpferde
und wahrscheinlich alle Thierarten, die sich
iezt nur unter der heißen Zone fortpflanzen
können, in den nördlichen Ländern, wo die
damalige Wärme mit der iezzigen Wärme in
Süden gleich stand, und folglich der Natur
der Thiere vollkommen angemessen war; sie
waren in grosser Anzahl daselbst; ihr Auf=
enthalt dauerte einen langen Zeitraum hin=
durch; die Menge von Elfenbein und andere
Ueberbleibsel von ihnen, die man daselbst ent=
dekt hat, und noch täglich entdekt, beweißt
uns deutlich, daß hier ihr Vaterland, ihr
Geburtsort, und gewiß die Gegend war, die
sie zuerst bewohnten.

Da wir der lebendigen Schöpfung, das
heißt, den Gattungen von Thieren, die in den
nördlichen Ländern entstanden sind, und nun
ihren Wohnplaz in südlichen Ländern haben,
ein sehr hohes Alterthum geben, so können wir
annehmen, daß die Elephanten etwa vor fünf
Jahrtausenden in die heiße Zone verwiesen
wur=

wurden; da sie eben so lang in den Klimaten, die heut zu Tage die gemäßigten Zonen ausmachen, und dann wohl die nemliche Zeit in Norden, ihrem Geburtsland, ihren Aufenthalt gehabt haben.

Allein dieser regelmäßige Gang, den die größten, die ersten Thiere in Asien, Europa und Afrika beobachteten, scheint in Amerika Hindernisse gefunden zu haben. Sie konnten in der neuen Welt nicht so leicht in die Gegenden des Aequators kommen, als in der alten. Wirklich findet man, wenn man das feste Land von Amerika betrachtet, daß die mittäglichen Länder, die an die Landenge von Panama gränzen, mit außerordentlich hohen Gebirgen besezt sind: die Elephanten konnten wegen der allzugrossen Kälte, die auf diesen Höhen herrscht, solche unübersteigliche Barrieren nicht übersezzen. Sie kamen also nicht in die ienseitigen Länder von Panama und dauerten in Nordamerika nur so lange fort, als der zu ihrer Fortpflanzung erforderliche Grad von Wärme anhielt.

Die Thiere hingegen, die iezt unsere kalten und gemäßigten Erdgürtel bewohnen, finden sich eben sowohl in den nördlichen Gegenden der alten, als der neuen Welt; sie wurden daselbst später, als die erstern, erzeugt, und erhielten sich, weil ihre Natur keine so grosse Wärme erfordert. Die Rennthiere und übrigen

Thie=

Thiere, die blos allein in den kälteſten Klimaten ausdauren können, kamen zulezt, und
wer weiß, ob nicht in der Folge der Zeit, wenn
die Erde einmal mehr erkaltet ſeyn wird, neue
Thiergeſchlechter entſtehen werden, deren Kör-
perbeſchaffenheit in Vergleichung mit dem Reunthier eben ſo verſchieden, als das Reunthier,
ſeiner Natur nach, von dem Elephanten verſchieden iſt?

Die Thiere, die heut zu Tage die ſüdlichen
Länder der alten Welt bewohnen, ſind, wie
ich mit allem Grund zu behaupten glaube, aus
dem Norden dahin gekommen. Will man nun
in unſern Mittagsländern dieſe, im Norden
entſprungenen Thiere von denen unterſcheiden,
die das Vaterland ſelbſt, durch eigne Kräfte
hervorgebracht hat, ſo darf man nur ſicher
alles, was ſich durch das Große und Koloßali-
ſche im Körperbau auszeichnet, als nördliches
Produkt anſehen; was die ſüdlichen Länder von
Thieren ſelbſt erzeugt haben, wird weit kleiner
und unanſehnlicher ſeyn.

Die Niederlaßung organiſirter Geſchöpfe,
beſonders der Landthiere fiel in Südamerika
weit ſpäter, als in den Nordländern und der
Unterſchied in der Zeit beträgt vielleicht mehr
als vier bis fünf Jahrhunderte; die Naturkräf-
te, ſtatt, wie man etwa glauben könnte,
durchs Alter geſchwächt worden zu ſeyn, haben
ſich hier ſpäter entwiffelt, und haben es nie zu
ienem

ienem Grad von Stärke und Allvermögen,
wie in den Nordländern, gebracht; die grossen
und primitiven Schöpfungen gehören den hohen
Ländern gegen Mitternacht; von hieraus giengen
sie nach und nach in die Mittagsgegenden über;
die äußere Gestalt der Geschöpfe blieb dieselbe,
nur die Körpergröße verlohr; unsere Elephan=
ten und Flußpferde, die uns so koloßalisch vor=
kommen, hatten zu der Zeit, als sie noch die
nördlichen Weltgegenden bewohnten, wie man
aus ihren Gerippen sieht, noch koloßalischere
Ahnen.

Um eben die Zeit, da die Elephanten den
Norden bewohnten, waren auch die Bäume
und Pflanzen, die iezt in den südlichen Ländern
gedeihen, in diesem Norden zu Hause. Davon
zeugen noch Spuren. „Gewächse konnten aber
„doch nicht etwa Reisen machen, wie die
„Thiere, und folglich sich nicht aus dem Norden
„nach Süden verpflanzen?“ Wohl, der Ue=
bergang war auch nicht Werk Eines Zeitpunkts,
sondern geschah nach und nach. Die Gewächs=
arten pflanzten sich in den Gegenden, dessen
Klima ihnen am angemessensten war, nahe
neben einander fort; überdies ist auch iene
Wanderung nicht einmal nöthig, um von dem
Entstehen der Gewächse in den Ländern gegen
Mittag den Grund anzugeben. Allgemein ge=
nommen, bringt die nemliche Temperatur allent=
halben die nemlichen Gewächse hervor; und es
ist

ift nicht nöthig, daß fie geradezu verpflanzt
werden müffen. Das Entfiehen der Vegetabi=
lien in den Mittagsgegenden beruht alfo noch
auf einfachern Gefezzen, als das Entfiehn der
Thiere.

Nun bleibt uns nur der Menfch noch übrig.
War feine Entfiehung gleichzeitig mit der Ent=
fiehung der Thiere? Hier vereinigen fich höhere
Gründe und wichtige Urfachen zu dem Beweis,
daß fie erft auf die angegebene Epochen er=
folgte, und daß der Menfch wirklich das groffe
und lezte Werk der Schöpfung war.

Das höchfte Wefen belebte nicht in einem
und demfelben Zeitpunkt die ganze Oberfläche
der Erde; zuerft befruchtete es die Meere, dann
die erhabenern Theile des feften Landes; es
wollte erft der Erde alle die nöthige Zeit laffen,
um fich zu verhärten, zu erkalten, abzulaufen,
zu troknen, und fo endlich in einen Zuftand der
Ruhe zu kommen, in der der Menfch ein den=
kender Zeuge und glükfeliger Bewunderer des
groffen Schaufpiels der Natur und der Wunder
der Schöpfung feyn könnte. Daher find wir,
unabhängig von der Auktorität der Mofaifchen
Erzählung, überzeugt, daß der Menfch zulezt
gefchaffen wurde, und alsdann zuerft kam,
um den Zepter des Erdballs zu führen, als
diefer feiner Herrfchaft würdig befunden wurde.
Doch fcheint er demohngeachtet, fo wie die
übrigen Gefchöpfe, feinen erften Wohnplaz in
den

den höhern Regionen Asiens gehabt zu haben; hier scheinen die ersten, nothwendigsten Künste und bald darauf, die, zur Ausübung menschlicher Herrschaft, gleich nothwendigen Wissenschaften entstanden zu seyn; ohne beides hätte keine Gesellschaft sich bilden; hätte der Mensch nicht sein Leben berechnen, die Thiere nicht beherrschen, und die Vegetabilien nicht anders, als zum Abweiden gebrauchen können.

Sechste Epoche.

Trennung der alten und neuen Welt.

Der Zeitpunkt, in der die Scheidung des festen Landes fiel, ist zuverläßig erst auf iene Periode gefolgt, in der die Elephanten den Norden bewohnten. Dies beweißt uns ihr Aufenthalt in dem diesseitigen Europa und Asien, so wie in dem ienseitigen Amerika. Aber wie kam es, daß sich das feste Land, wie es scheint, an zwei Orten trennte, daß zwei Zwischenräume von Meer entstanden, die sich von Norden, immer erweiternd, bis zu den äußersten südlichen Ländern erstreffen? Ist das nicht ein neuer Beweis, daß das Gewässer ursprünglich von den Polen herkam, und daß es erst nach und nach auch die Gegenden um den Aequator überzog? So lang der Fall des Wassers dauerte, und bis auf die gänzliche Schei-

Scheidung der Atmosphäre von ihm, war seine
Hauptbewegung von den Polen nach dem Ae=
quator hingerichtet; und da es von dem Südpol
her weit häufiger zuströhmte, so bildete es
jene ungeheuren Meere auf dieser Halbkugel,
die sich immer enger, bis zum Polarzirkel der
andern Halbkugel hinziehn.

Wenn wir uns, bei Betrachtung der grossen
Revolutionen unsers Erdbodens, auf diejeni=
gen einschränken, die das diesseitige feste Land
betrafen, so sollte es scheinen, als wenn das
mittelländische Meer und selbst die Meerenge,
die es mit dem Ozean vereint, schon vor dem
Versinken der Insel Atlantis da gewesen seyn
müsse. Allein die Oefnung durch diese Meer=
enge möchte wohl von dem nemlichen Datum
seyn. Die Ursachen, die die plözliche Senkung
dieses ungeheuren Landes bewirkten, mußten
auch auf die umliegenden Gegenden Einfluß
haben; die nemliche Erschütterung, die Atlan=
tis vernichtete, konnte auch das wenige Ge=
birge einreißen, aus dem ehmals die Meerenge
bestand; die Erdbeben, die selbst noch in un=
sern Tagen in den umliegenden Regionen von
Lißabonn so heftig sind, lassen uns noch deut=
lich die lezten Wirkungen einer alten und weit
gewaltsamern Ursache wahrnehmen, der man
das Sinken dieses Gebirges zuschreiben kann.

Uebrigens scheint beides, sowohl die Spal=
tung des festen Landes, als der Einsturz jener

Vor=

Vormauern am Weltmeer und Pontus Eurinus
weit ältere Naturbegebenheiten zu seyn, als
alle die Ueberschwemmungen, deren die Ge=
schichte gedenkt.

Nach Europens Trennung von Amerika,
nach Eröfnung der Meerengen hörte das Ge=
wässer auf, so gewaltsam über grosse Weiten
hinzuströmen, und in der Folge gewann das
feste Land dem Meer mehr ab, als es ans
Meer verlohr; fast alle grossen Flüsse bildeten
Inseln und sezten neues Land an ihren Mün=
dungen an. Man weiß, daß das Delta in
Unteregypten, eine Landschaft von beträchtli=
chem Umfang, ein bloßer, durch den Bodensaz
des Nils entstandener Ansaz ist; eben so ist's
mit Luisiana am Mißisippi, und mit der öst=
lichen Gegend am Auslauf des Amazonen=
flußes. Doch kein besseres Beispiel von einem
neu entstandenen Lande können wir wohl an=
führen, als das uns das ungeheure Guyana
darbietet; sein Anblik kann uns einen Begrif
von dem ersten rohen Zustande der Natur geben
und ein schattirtes Gemälde von der stuffen=
weisen Bildung eines neuen Landes entwerfen.

In einem Umfang von mehr, als hundert
und zwanzig französischen Meilen, von der
Mündung des Flusses Kayenne, bis an den
Auslauf des Amazonenflußes, besteht der
Grund des Meers, das der Erde gleich ist,
aus bloßem Schlamm; alle Küsten sind mit
ei=

einem sumpfigen Gehölz (mangles oder
palétuviers) eingefaßt, dessen Wurzeln,
Stengel, Zweige, alle mit dem Wasser ver=
einigt sind und ein wahres Meergesträuch vor=
stellen, durch das man nur im Kahn, die Art
in der Hand, sich durcharbeiten kann. Der
schlammichte Boden erstrekt sich in einem sanften
Abhang, weit unter dem Meerwasser fort. Auf
der Landseite, jenseits jenes breiten Saums
von Gebüschen, deren Zweige sich mehr ans
Wasser anschmiegen, als in die Höhe erheben,
breitet sich weites Moorland aus, mit Latan=
palmen bewachsen und mit altem Abgefäll über=
dekt: hierauf fangen Waldungen von einer an=
dern Holzart an; das Land erhebt sich allmäh=
lig, und bemerkt, so zu sagen, seine Erhebung
durch die Festigkeit und Dauerhaftigkeit des
Holzes, das es erzeugt: endlich findet man,
einige Meilen weiter in gerader Linie vom Meer
ab, Hügel, deren, obgleich abschüßige Seiten
und Gipfel mit einer sehr guten Erde, bis
zu einer beträchtlichen Tiefe hin, bedekt und
allenthalben mit Bäumen jedes Alters so dicht
bewachsen sind, daß ihre, in einander ge=
schlungenen Wipfel kaum das Sonnenlicht durch=
lassen und unter ihrem dunkeln Schatten eine
so kalte Feuchtigkeit unterhalten, daß der
Reisende des Nachts Feuer unterhalten muß,
um daselbst ausdauern zu können, indeß in
einiger Entfernung von dieser finstern Wal=

dung,

dung, die Hizze noch zur Nachtzeit auf den
urbar gemachten Ländereien fast unerträglich
ist. Diese ungeheure Küste, so wie das Innere
von Guyana ist nun nichts als ein eben so
ungeheurer Wald, in dem sich ein Völkchen
Wilder einige lichte Pläzze gemacht und kleine
Verhakke angelegt hat, um sich darinn auf=
halten zu können.

Diese Menschen scheinen, so wie das Land,
das sie bewohnen, die jüngsten auf der Welt zu
seyn; sie sind aus höhern Gegenden und zuerst
alsdann dahin gekommen, da sich schon Men=
schen in dem hohen Mexiko, Peru und Chili
niedergelassen hatten. Aber ists nicht sonder=
bar, daß in einigen dieser leztern Länder noch
heut zu Tage Riesen von Menschen wohnen,
indeß man unter den Thieren nur Pygmäen
sieht? Denn das ist bekannt, daß man in
Südamerika einen Menschenstamm entdekt hat,
der an Größe, Körperstärke und koloßalischem
Bau alle andere Menschen des Erdbodens über=
trift. Die Riesenstämme, die ehmals in Asien
so gemein waren, sind untergegangen: warum
finden sie sich iezt in Amerika wieder? Ists
nicht wahrscheinlich, daß einige Riesen, so wie
die Elephanten aus Asien nach Amerika über=
gegangen sind, und da sie gewissermaßen die
einzigen ihrer Art waren, ihren Stamm in
diesem unbewohnten Lande, erhalten haben,
indeß er in den bewohnten Ländern, durch die

Mehr=

Mehrheit der andern Menschen, gänzlich ausgerottet wurde? Wir nehmen an, einige Paar Riesen sind aus Asien nach Amerika übergegangen; hier fanden sie Freiheit, Ruhe, Frieden oder andere Vortheile, die sie im Vaterlande nicht fanden, und sollten sie sich nicht in dem Lande ihrer neuen Herrschaft diejenige Gegenden vor allen andern erwählt haben, wo ihnen der mildeste Himmel lachte und die gesundeste Luft sie einlud? So mögen sie ihren Wohnsitz auf mäßigen Gebirghöhen aufgeschlagen haben in einem Klima, das ihre Bevölkerung am meisten begünstigte; und da es zu Mißheurathen wenig Gelegenheit gab, weil alle benachbarten Länder unbewohnt, oder wenigstens nur von einer kleinen Anzahl weit schwächerer Menschen bewohnt waren, so breitete sich ihr Stamm ohne Hinderniß und fast ohne alle Vermischung mit andern, aus; er dauerte und erhielt sich bis auf den heutigen Tag; indeß er schon seit mehreren Jahrhunderten in seinem ursprünglichen Vaterland, Asien, durch die sehr grosse und ältere Volksmenge dieses Erdtheils ausgerottet worden war.

Je mehr aber die Bevölkerung in den Ländern, die iezt ein warmes oder mildes Klima geniessen, zugenommen hat, desto mehr hat sie in denen abgenommen, welche zu kalt geworden sind. Alle Länder gegen Norden, die über dem sechs und siebenzigsten Grade, von

Norwe-

Norwegens nördlichem Theil an, bis ans äußer-
ste Asien hin, liegen, sind iezt, außer einigen
Unglüflichen, die die Dänen und Rußen, der
Fischerei wegen, daselbst angesezt haben, und
die noch allein einige Bevölkerung und eine
Art von Handlung in diesen Eisgegenden unterhalten, völlig von Einwohnern verlaßen.
Die Nordländer, die sonst zur Fortpflanzung
der Elephanten und Flußpferde warm genug
waren, und iezt schon so kalt sind, daß sie nur
noch weiße Bären und Reunthiere ernähren
können, werden in einigen Jahrtausenden blos
durch die Wirkung der fortschreitenden Kälte
völlig verlassen und unbewohnt seyn. Und
ich habe starke Gründe zu glauben, daß die
Gegend um den Nordpol, die noch nicht ergründet worden ist, nie ergründet werden wird;
denn iene Eiskälte scheint mir die Pole bis zu
einer Entfernung von sieben bis acht Graden,
eingenommen zu haben, und wahrscheinlich sind
die Polarländer, ehemals Meer oder Land,
nun nichts anders, als bloßes Eis. Und ist
diese Vermuthung gegründet, so wird der Umfang und die Ausdehnung dieses Eises, statt
sich zu vermindern, noch immer mehr mit der
steigenden Kälte der Erde, zunehmen.

Sie-

Siebente und lezte Epoche.

Der Mensch wirkt, vereint mit der Natur.

Die erſten Menſchen, noch Zeugen von den konvulſiviſchen Zukkungen und häufigen Erſchütterungen der Erde — blos Bewohner der Gebirge, des einzigen Zufluchtsorts gegen die Ueberſchwemmungen — ſelbſt oft auch von dieſen Gebirgen durch Ausbrüche vulkaniſcher Feuer herabgeſcheucht — zitternd auf einem Erdball, der ſelbſt noch unter ihren Füßen zitterte — arm an Geiſt und nakt an Körper — den Anfällen aller Elemente, der Wuth der wilden Thiere ausgeſezt, deren Beute ſie meiſtens werden mußten — alle voll des allgemeinen, unſeligen Gefühls von Schrekken — alle gleich ſtark durch die Noth gezwungen, mußten ſich aufs baldigſte mit einander zu verbinden ſuchen, um ſich einmal mit geſammter Hand Sicherheit zu verſchaffen und ſich zu vertheidigen, dann um ſich einander Hütten bauen und Waffen verfertigen zu helfen. Sie fiengen damit an, ſich die harten Kieſel, die Schrötſteine, die Donnerkeule, die, wie man glaubte, aus den Wolken herabgefallen und durch den Donner gebildet wurden, aber nichts anders, als die erſten Denkmäler der menſchlichen Kunſt im rohen Naturſtande ſind — zu Streitäxten

Arten zu schärfen: bald darauf mögen sie eben
diesen Kieselsteinen, durchs Schlagen, das
Feuer entlokt, mögen die Flamme der Vulkane
aufgefangen, oder das Feuer ihrer glühenden
Laven benuzt haben, um sich in den Waldun=
gen, in dem Dikkicht Licht zu verschaffen; denn
mit Hülfe dieses Elements reinigte und säuberte
man den Bezirk, den man bewohnen wollte;
mit der Steinart fällte und schnitt man die
Bäume, zimmerte das Holz, schnizte sich seine
Waffen und die nothwendigsten Werkzeuge.
Und hatten sie sich einmal mit Keulen und
andern schweren Waffen zur Vertheidigung
hinlänglich geschüzt, wie leicht war nun der
Weg zur Erfindung leichterer Offensivwaffen,
mit denen man auch in der Ferne wirken konn=
te? Eine Ader, eine Flechse von einem Thier,
Fasern von der Aloe, oder die bloße Rinde ei=
ner fadenartigen Pflanze diente zur Sehne,
um die beiden Enden eines elastischen Astes
zum Bogen zu krümmen; andere kleinere Kiesel
spizte man, um die Pfeile daran zu befesti=
gen; bald folgten Fischernezze, Flöße, Kähne
und hierbei blieb es so lange stehen, als eine
Nazion nur aus einigen grossen Familien, oder
vielmehr aus abgestammten Verwandten einer
und derselben Familie bestand, wie wir dies
noch heut zu Tage bei den Wilden sehn, die
Wilde bleiben wollen, und die es auch noch in
den Gegenden bleiben können, wo es eben so

we=

wenig an Wildpret, Fischen und Früchten
als an Land fehlt.

Allein in allen denjenigen Ländern, deren
Umfang von Gewässern beschränkt, oder von
hohen Gebirgen umschloßen war, wurden solche
kleine Nazionen bald zu zahlreich und genö=
thigt, ihren Bezirk unter sich zu theilen, und
dies ist der Zeitpunkt, wo die Erde ein Eigen=
thum des Menschen zu werden anfieng. Er
nahm von der Stunde an, vermöge seiner auf
den Anbau verwendeten Arbeiten Besiz von
ihr, und die Anhänglichkeit ans Vaterland
folgte dieser Besiznehmung bald nach; der
Privatvortheil nahm am Nazionalintereße An=
theil, Ordnung, Polizei und Gesezze bildeten
sich von selbst; die Gesellschaft bekam Dauer
und Stärke.

Nichts desto weniger blieben iene traurige
Erdrevolutionen diesen Menschen, die — von den
Unglüksfällen und dem Elend ihres ersten rohen Zu=
standes noch im Innersten erschüttert, die Entzün=
dungen der Vulkane, die Verwüstungen des Was=
sers, die offenen Abgründe des Erdballs noch
immer vor Augen hatten, im beständigen, und
fast ewigem, Gedächtniß; der Gedanke, durch
eine allgemeine Fluth, oder einen Totalbrand
umkommen zu müssen; die Ehrfurcht vor ge=
wissen Gebirgen, auf die sie sich vor den Ueber=
schwemmungen geflüchtet hatten; das Ent=
sezzen vor den übrigen Bergen, die noch schrek=

lichere

lichere Feuer, als der Donner des Himmels,
auf sie herabschleuderten; der Anblik der mit
einander kämpfenden Elemente in der Atmosphäre, welches zu der Fabel von den Titanen
und ihrem Sturm gegen die Götter Veran-
laffung gab; der Glaube an die Existenz eines
bösen Grundwesens, die Furcht und der Aber-
glaube, die sich aus dieser Einbildung erzeugten, alle Gefühle, die auf Schrekken sich gründen, haben sich seit dem des menschlichen Geistes und Herzens auf immer bemächtigt; kaum
hat der Mensch sich noch iezt durch die Erfahrung so vieler Perioden, durch die Ruhe, die
auf iene stürmische Jahrhunderte erfolgte; endlich durch die Kenntniß der Wirkungen und
Operazionen der Natur — eine Kenntniß, die
sich erst nach Errichtungen der Staaten in fried-
lichen Ländern erwerben ließ — wieder von
dieser allgemeinen Furcht erholt.

Weder in Afrika, noch in Asiens südlichsten
Ländern konnten grosse Gesellschaften entstehen,
und zu grossen Staaten sich bilden. Es war
der Norden des leztern Welttheils, wo zuerst
der Zweig menschlicher Weißheit auffproßte,
auf dessen Stamm in der Folge der Mensch
den Thron seiner Herrschaft aufschlug. Je
größer seine Kenntniße, ie größer die Macht,
so wie auch umgekehrt, ie geringer diese, ie
kleiner iene. Das alles sezt thätige Menschen
in einem glüklichen Klima, unter einem heitern

Him-

Himmel, geschaffen zu Beobachtungen, auf
einem fruchtbaren Erdstrich, einladend zur
Bebauung, in einer vor allen begünstigten,
vor Ueberschwemmungen gesicherten, von Vul=
kanen entfernten, erhabenern und folglich früher
als die andern, gemäßigten Landschaft, vor=
aus; und alle diese Bedingungen finden wir
in Asiens Mittelpunkt, vom vierzigsten bis
zum fünf und funfzigsten Grad nördlicher Breite
erfüllt. Die Flüße, die sich ins Eismeer, in
den östlichen Ozean, in die Südsee und in das
Kaspische Meer ergießen, kommen alle aus
dieser hohen Gegend herab, die iezt ein Theil
des südlichen Siberiens und der Tatarei aus=
macht. Hier in diesem Lande, das weit höher,
weit haltbarer als alle andere Länder war,
denn es diente ihnen zum Mittelpunkt, und
war mehr als fünfhundert französische Meilen
von iedem Meer entfernt; in diesem vorzüglich
begünstigten Lande bildete sich das erste Volk,
das wehrt war, diesen Namen zu führen,
wehrt unserer ganzen Achtung, weil es Schöpfer der Wissenschaften, der Künste und ge=
meinnüziger Kenntniße wurde. Diese Wahr=
heit wird uns gleich stark durch die Denkmäler
der Naturgeschichte und durch die, fast unbe=
greiflichen, Fortschritte der alten Sternkunde
bewiesen. Wie hätten Menschen noch in der
Kindheit ihres Verstandes den Cyklus von
sechs hundert Jahren finden können? Ich
schränke

schränke mich blos auf dies einzige Faktum
ein, ob ich gleich deren noch viele, eben so
wunderbar und zuverläßig, hier anführen könn=
te: sie wußten also schon damals eben so viel
von Astronomie, als ein Kaßini in unsern Zei=
ten wußte, der zuerst die Wirklichkeit und Rich=
tigkeit dieses periodischen Umlaufs von sechs
Jahrhunderten gezeigt hat; eine Wissenschaft,
zu der weder Chaldäer, noch Egypter, noch
Griechen sich erhuben; eine Kenntniß, die ge=
naue Bekanntschaft mit dem Lauf des Mondes
und der Erde voraussezt, und grosse Voll=
kommenheit der zu Beobachtungen nöthigen,
Instrumente fodert; eine Kenntniß, die man
sich nicht eher erwerben kann, als bis man sich
mit allem bekannt gemacht hat, und die, da
sie sich nur auf eine lange Reihe von Unter=
suchungen, vielfaches Studium und astronom=
sche Arbeiten gründet, wenigstens verlangt,
daß sich der menschliche Geist zwei bis drei
Jahrtausende durch gebildet haben mußte, um
so weit kommen zu können.

Aber unglüklicherweise sind sie wieder un=
tergegangen, diese alten und schönen Kenntniße;
unglüklicherweise sind sie nur in Trümmern,
und zu sehr verunstaltet, auf uns gekommen,
als daß sie uns, außer den Beweisen, die sie
uns von ihrem ehmaligen Daseyn geben, noch
zu etwas anders dienen könnten. Ich muß

H 5 hier

hier auf Bailly's vortrefliches Werk über die
alte Astronomie verweisen; er hat darinn alles,
was auf die Entstehung und die Fortschritte
dieser Wissenschaft nur Bezug hat, gründlich
untersucht; — seine Ideen stimmen, wie man
finden wird, ganz mit den meinigen überein,
— und übrigens hat er diesen wichtigen Gegenstand mit einem durchdringenden Scharfsinn
und tiefer Gelehrsamkeit behandelt, daher er
von allen, die sich für den Fortgang dieser
Wissenschaft intereßiren, vollen Beifall verdient.

Die Chineser, ein wenig mehr, als die
Bramas, aufgeklärt, berechnen die Sonnen-
finsternisse noch sehr obenhin und seit zwei bis
drei Jahrtausenden rechnen sie immer auf die
nemliche Weise, weil sie nichts zur Vollkommenheit bringen, und nie etwas erfunden haben: China ist daher eben so wenig das Vaterland der Wissenschaften, als es Indien ist,
und wenn es gleich eben so nah an das erste
erleuchtete Volk der Erde gränzte, als die In-
dianer, so scheinen sie doch nichts von ihnen
sich zu eigen gemacht zu haben; nicht einmal
iene astronomische Regeln kennen sie, deren
Gebrauch die Bramimen aufbehielten, und die
dem ohngeacht, doch die ersten und grossen
Denkmäler des menschlichen Wissens und Glüks
sind. Eben so wenig scheinen die Chaldäer,
die

die Perſer, die Egypter, die Griechen von
dieſer zuerſt gebildeten Nazion gelernt zu haben.

Der Verluſt der Wiſſenſchaften, die erſte
Wunde, die die Streitart der Barbaren der
Menſchheit ſchlug, war ohne Zweifel, Folge
einer unſeligen Revolution, die vielleicht ſchon
in wenig Jahren wieder die Werke und Schö=
pfungen ganzer Jahrhunderte zerſtört hatte.
Es iſt ſehr wahrſcheinlich, daß, als die Län=
der, die iener glüflichen Landſchaft gegen
Norden lagen, zu kalt geworden waren, ihre
noch unwiſſende, rohe und barbariſche Ein=
wohner dieſe reiche, geſegnete und durch Künſte
kultivirte Gegend gleich einer Fluth überſtröhm=
ten; es iſt eben ſo ſchreflich, daß ſie ſie ein=
nahmen, und daß ſie nicht allein die Wiſſen=
ſchaften mit der Wurzel ausrotteten, ſondern
auch ſogar das Andenken von ihnen von der
Erde vertilgten. Und nun folgten vielleicht
dreißig Jahrhunderte von Barbarei auf die
vorhergegangenen dreitauſend Jahre, wo Kultur
herrſchte.

Von allen dieſen ſchönen Früchten des
menſchlichen Geiſtes in der Vorwelt iſt daher
uns nichts mehr geblieben, als die ausge=
preßten Treſter: die religiöſe Metaphyſik,
oder Mythologie. Da ſie unbegreiflich war,
ſo forderte ſie kein Denken, und konnte weder

ver=

verändert, noch vergeſſen werden, weil das
Wunderbare immer die bleibendſten Eindrüffe
im Gedächtniß der Menſchen zurükläßt. Auch
breitete ſie ſich von ienem Mittelpunkt der
Wiſſenſchaften nach allen Welttheilen aus:
die Jdolen zu Kalifut ſind auch die Gözzen zu
Seleginskoi. Die Wallfahrten nach dem groſ=
ſen Lama, die in einer Entfernung von mehr,
als zweitauſend franzöſiſchen Meilen eingeführt
waren; die Vorſtellung von einer Seelenwande=
rung, die ſich noch viel weiter verbreitete, von
den Jndiern, Aethiopiern und Atlanten als
Glaubensartikel angenommen wurde; dieſelben,
nur etwas verſtellten Jdeen von Metem=
pſychoſe, die bei den Chineſern, Perſern, Grie=
chen zu Hauſe waren und ſelbſt zu uns über=
gegangen ſind, alles ſcheint uns darzuthun,
daß der erſte Stamm der menſchlichen Kennt=
niſſe im höhern Aſien aufwuchs, und daß ſich
die unfruchtbaren oder entarteten Sproſſen von
den edlen Aeſten dieſes alten Stammes in alle
Welttheile, nach allen kultivirten Völkern der
Erde ausgebreitet haben.

Und was können wir von den Zeiten der
Barbarei, die zu unſerm offenbaren Scha=
den kamen und vergiengen, ſagen? Sie
ſind in ewige tiefe Nacht begraben; der Menſch,
ſeit der Zeit wieder in die dikſte Finſterniß der
Unwiſſenheit verſunken, hörte faſt auf, Menſch

zu

zu seyn; denn Wildheit, aller Pflicht uneingedenk, zerrt zuerst an den Banden der Gesellschaft, die Barbarei zerreißt sie völlig: die Gesezze, entweder unter die Füße getreten, oder des Landes verwiesen; die Sitten, in wilde Gebräuche ausgeartet; die Liebe, die Menschlichkeit, obgleich mit heiligen Zügen uns ins Herz geprägt, erloschen; der Mensch, ohne Erziehung, ohne Moral wieder zum primitiven rohen Naturstand in Wüsteneien zurükgebracht, stellt uns, statt dem Gemälde seiner Maiestät, ein Bild eines bis unter das Thier herabgewürdigten, Wesens auf.

Dem ungeachtet aber haben sich doch, auch nach dem Verlust der Wissenschaften, nüzliche Künste, die sie erzeugten, erhalten: der Akerbau, der so viel nothwendiger wurde, ie mehr die Zahl der Menschen zunahm und ie enger ihre Wohnplázze wurden; alle die Geschiklichkeiten, die eben dieser Akerbau erfordert; alle Kunstfertigkeiten, die die Einrichtung der Wohnungen, die Fabrikation der Gözzen und der Waffen, das Gewebe der Zeuge u. s. w. vorausezzen, haben die Wissenschaften überlebt; sie haben sich mehr und mehr ausgebreitet; haben sich vervollkommnet, sind den Gang der grossen Völkerschaften nachgegangen; das alte chinesische Reich hat sich unter allen zuerst erhoben, und fast gleichzeitig mit ihm das

Reich

Reich der Atlanten in Afrika, die Reiche in
Asien, in Egypten, Aethiopien haben sich
stuffenweise gebildet, und endlich erhub sich
Rom, dem unser Europa seine bürgerliche Exi=
stenz schuldig ist.

Nun erst ungefähr seit dreißig Jahrhun=
derten wirkte der Mensch, vereint mit der
Natur; durch seinen Verstand wurden die Thiere
gezähmt, unterjocht, bezwungen und auf im=
mer zum Gehorsam gebracht; durch seine Ar=
beiten wurden die Moräste getroknet, die Flüsse
beschränkt, ihre Katarakten gebändigt, die
Wälder gelichtet, die Steppen bepflanzt, durch
sein Nachdenken wurden die Zeiten berechnet,
die Räume gemessen, die himmlischen Sphären
entdekt, zusammengestellt und entworfen; der
Himmel und die Erde gegen einander verglichen,
das Weltall erweitert und die wahre Gottesver=
ehrung gefunden; durch seine Künste, die die
Wissenschaften gebahren, wurden die Meere
durchkreuzt, die Gebirge überstiegen, die Völker
einander genähert, eine neue Welt entdekt,
tausend neue Eilande unter seine Herrschaft ge=
bracht, kurz dem ganzen äußern Erdball der
Stempel menschlichen Gepräges von seiner All=
gewalt aufgedrükt, die, obgleich den Wirkun=
gen der Natur untergeordnet, oft mehr, als
sie gethan, oder doch wenigstens dieselbe so
mächtig unterstüzt hat, daß wir sagen können:
mit

mit Hülfe unſers Arms hat ſie ſich in ihrem ganzen Umfang entwikkelt; mit Hülfe unſers Arms iſt ſie ſtuffenweiſe die Höhe der Voll- kommenheit und Herrlichkeit hinangeſtiegen, auf der wir ſie iezt erblikken.

Sezzen wir, die Welt beherrſche nur der Friede, und betrachten dann des Menſchen Allgewalt, die er auf die Natur haben würde, etwas näher! Nichts ſcheint ſchwerer, wo nicht unmöglich zu ſeyn, als die zunehmende Er- kaltung der Erde hemmen, und ein Klima wieder mildern und erwärmen zu können; in- deß der Menſch kann es, und hat es gekonnt. Paris und Quebek liegen faſt unter einerlei Grad der Breite; Paris würde nun eben ſo kalt ſeyn, wie Quebek, wenn Frankreich und alle angränzenden Länder eben ſo entvölkert, eben ſo mit Wäldern bedekt, eben ſo mit Ge- wäſſer angefüllt wären, als Kanada's benach- barte Gegenden ſind. Ein Land urbar machen und es bevölkern, heißt ihm Wärme auf mehrere Jahrtauſende geben, und das beantwortet den einzigen vernünftigen Einwurf, den man gegen meine Meinung, oder beſſer gegen das Faktum der Erkaltung der Erde machen könnte.

Von dem Unterſchied des Klima's hängt die größere oder geringere Wirkungskraft der Na- tur ab. Glüklich die Länder, wo alle Elemente

ſich

sich im Gleichgewicht halten, und so vortheil=
haft mit einander verbunden sind, daß sie nur
gute Wirkungen erzeugen! Aber giebt es ein
Land, das, von seinem Entstehen an, dies
Vorrecht genossen hätte; eins, wo die That=
kraft des Menschen nicht die Wirkungen der
Natur gefördert hätte? Er leitete bald das Ge=
wässer ab, bald leitete er es ein; er rottete un=
nüzze Kräuter und schädliche oder überflüßige
Gewächse aus; er vereinigte die nüzlichen Thiere
mit einander und vervielfachte sie. Von drei=
hundert Geschlechtern vierfüßiger Thiere und
funfzehnhundert Vögelarten, die die Erde be=
wohnen, wählte sich der Mensch neunzehn bis
zwanzig Arten aus, und diese zwanzig Ge=
schlechter sind allein von viel wichtigerm Einfluß,
und verschaffen der Erde mehr Gutes, als alle
andere Arten zusammengenommen. Sie wirken
nach dem Plan des Menschen, der ihre Ver=
mehrung außerordentlich vergrössert hat, alles
das Gute, was man von einer weisen Ver=
waltung und Anwendung ihrer Kräfte und ihrer
Macht nur immer für die Kultur der Erde, für
den Transport und die Handlung mit ihren Pro=
dukten, für die Vermehrung der Lebensmittel;
mit einem Wort, für alle die Bedürfnisse und
selbst für alle die Freuden des einzigen Herrn,
der ihre Dienste durch seine Sorgfalt bezahlen
kann, erwarten mag.

Der

Der Wilde, der vom Stand der Gesell=
schaft keinen Begrif hat, sucht auch nicht ein=
mal die Gesellschaft der Thiere. In allen süd=
amerikanischen Ländern haben die Wilden keine
zahme Hausthiere; sie rotten, ohne Unterschied,
die nüzlichen Arten mit den schädlichen aus ;
sie wählen sich keine einzige, der sie Aufenthalt
bei ihnen gestatteten und deren Vermehrung sie
beförderten, und doch würde ihnen eine einzige
fruchtbare Gattung, z. B. ihre Hokko's, ohne
Mühe und blos durch eine geringe Pflege mehr
Nahrung verschaffen, als sie sich durch die
mühseligsten Jagden nur verschaffen können.

Durch Vermehrung nüzlicher Thierarten
vervielfacht der Mensch Leben und Bewegung
auf der Erde; er veredelt zugleich die ganze
Wesenkette und veredelt sich selbst , indem er
die Pflanze zum Thier und beide in sein eignes
Wesen verwandelt, das sich dann durch eine
zahllose Vermehrung ausbreitet. Millionen
von Menschen haben ihr Dasein iezt in dem
nemlichen Raum, den sonst zwei oder dreihun=
dert Wilde inne hatten; Millionen von Thieren,
wo kaum vorher einige Individuen lebten; durch
ihn und für ihn werden die köstlichsten Keime
einzig entwikkelt, die edelsten Naturgüter einzig
erzeugt : durch ihn und für ihn sind auf dem
unermeßlichen Baum der Fruchtbarkeit die Frucht=
zweige einzig befindlich und alle vervollkommnet.

Will

Will man Beispiele der neuern Zeit von dem groſſen Einfluß des Menſchen auf die Natur der Vegetabilien, ſo darf man nur unſere Gemüße, unſere Blumen und unſere Obſtarten mit den nemlichen Arten, wie ſie vor hundert und funfzig Jahren waren, vergleichen; dieſe Vergleichung kann man ſogleich und ſehr genau anſtellen, wenn man die groſſe Sammlung mannichfaltiger Arten von Blumen durchgeht, die von Gaſton's von Orleans Zeiten bis iezt im königlichen Garten unterhalten wird; man wird vielleicht mit Erſtaunen ſehen, daß die ſchönſten Blumen der damaligen Zeit, Ranunkeln, Nelken, Tulpen, Aurikeln iezt ausgeſchloſſen würden, nicht von den Blumiſten, ſondern von Gärtnern auf Dörfern. Dieſe, obgleich ſchon damals kultivirte Blumen, waren noch nicht ſehr aus dem erſten Naturſtande herausgetreten. Eine einfache Ordnung von Blumenblättern, lange Piſtillen, und harte Farben, ohne Abweichung, ohne Mannichfaltigkeit, ohne Schattirungen, alles rohe Züge der wilden Natur! Von Küchengewächſen eine einzige Gattung von Cichorien und zwei Arten Lattich, alle beide ziemlich herbe, ſtatt daß wir heut zu Tage mehr als funfzig Arten von Cichorien und Sallaten, alle von dem beſten Geſchmak beſizzen! Eben ſo können wir unſere beſten Früchte, ſowohl Kern= als Steinobſt erſt aus den neuern Zeiten herſchreiben, ſie

ſind

ſind ſo ſehr von den ältern Obſtarten verſchieden, daß ſie nichts, wie den Namen, mit
ihnen gemein haben. Sonderbar! gewöhnlich
bleiben ſonſt die Sachen, wie ſie ſind, und
ändern nur ihre Namen, hier iſt's umgekehrt,
der Name iſt derſelbige geblieben, und die
Sachen haben ſich verändert; unſere Pfirſiche,
unſere Aprikoſen, unſere Birnen ſind neuere
Erzeugniſſe, denen man nur den Namen älterer
Obſtarten gelaſſen hat. Um ſich davon zu überzeugen, darf man nur unſere iezzigen Früchte
und Blumen mit den Beſchreibungen, oder
den Anzeigen, die griechiſche und römiſche
Schriftſteller uns davon gegeben haben, zuſammen halten; alle ihre Blumen waren einfach,
alle ihre Obſtbäume waren wilde Stämme,
in ieder Art ſchlecht gewählt, und die kleinen
Früchte dieſer Bäume waren herb' und trokken,
und hatten weder den angenehmen Geſchmak
noch die Schönheit der unſern.

Alle dieſe neuern Beiſpiele beweiſen, daß
der Menſch erſt ſpät den Umfang ſeiner Macht
kennen lernte, und daß er ſie ſelbſt iezt noch
nicht vollkommen kennt; ſie hängt ganz von der
Bildung ſeines Verſtandes ab: ie mehr er alſo
die Natur ſtudiren, ie mehr er ſie kultiviren
wird, ie mehr Mittel wird er ſich verſchaffen,
ſie ſich unterthan zu machen; ie leichter wirds
ihm werden, neue Reichthümer von ihr zu ziehen,
ohne

ohne den Schaz ihrer unerschöpflichen Fruchtbarkeit zu vermindern.

Und was vermöchte er nicht über sich selbst, ich meine, über sein eigen Geschlecht, wenn sein Wille immer vom Verstand geleitet würde? Wer weiß, bis auf welchen Grad nicht der Mensch, sowohl im Moralischen, als im Physischen, seine Natur vervollkommnen könnte? Ist irgendwo ein Volk, das sich rühmen könnte, schon zur bestmöglichsten Staatsverfassung gelangt zu seyn, die durch Wachsamkeit für die Erhaltung der Menschen, für Schonung ihres Schweisses und Blutes durch den Frieden, durch Ueberfluß an Nahrungsmitteln, durch erleichterten Lebensgenuß, durch beförderte Bevölkerung, ich will nicht verlangen, alle Menschen gleich glüklich, sondern nur nicht so ohne alles Verhältniß, gleich unglüklich machte? Und doch ist dies der moralische Zwek ieder Gesellschaft, die sich zu vervollkommnen sucht. Und sind wir dann in der Naturlehre, in der Arzneikunde und übrigen Künsten, deren Ziel Menschenerhaltung ist, so weit vorangeschritten; sind sie nur so allgemein bekannt, als die zerstöhrenden Künste, die der Krieg erzeugte? Es scheint, daß der Mensch zu allen Zeiten weniger über Gutes nachgedacht, als Erfindungen zum Bösen gemacht habe; iede Gesellschaft ist aus beiden zusam-

men-

mengeſezt; und da unter allen Gefühlen, Furcht auf den groſſen Haufen am måchtigſten wirkt, ſo wurden die groſſen Talente in Zerſtöhrungs= künſten die erſten, die die Bewunderung des menſchlichen Geiſtes auf ſich zogen; die Künſte, ihn zu beluſtigen und zu ergözzen, bemeiſterten ſich des Herzens der Menſchen nach ihnen und dann erſt nach einem nur allzulangen Gebrauch dieſer beiden Wege zur falſchen Ehre und zu unnüzzem Vergnügen, ſah der Sterbliche ein, daß ſein wahrer Ruhm nur Weißheit und ſein Glük der Friede ſey.

Druckfehler.

Seite 16 Zeile 4 von unten lies die, statt dir.
— 25 — 11 dem Auge nach, statt noch.
— 36 — 2 nun, statt nur.
— 44 — 1 von unten ließ weilten, statt
vereilten.
— 74 — 1 nichts, statt nicht.
— 93 — 23 Kohlenminen, statt Höh=
lenminen,
— 97 — 7 eben daher, statt eher daher.
— 106 — 4 von unten, Jahrtausende,
statt Jahrhunderte.

Kleinere Versehen wird der Leser gütigst
entschuldigen.